トワイライライト

畑野智美

twililight

トワイライライト

畑野智美

twililight

写真　tsukao

装幀　横山雄

トワイライライト

去年の春、進学のために福島から東京に出てきた。

何もわからないまま、一年が経った。

いとこの信兄《しん》ちゃんが住んでいた部屋が大学まで自転車で通える距離だったから、家具や家電まで引き継ぐようにして、そこに住んでいる。

自分の好きなものを揃えたかったのだけれど、信兄ちゃんがヴィンテージショップで買い集めたという飴色《あめ》に輝くイギリスやアメリカの家具は、とてもかっこよくて気に入っている。洗濯機や冷蔵庫の他に、調理家電や食器も一通り揃っていた。授業に必要なノートパソコンまで、もらってしまった。カーテンや布団カバーを新しいものにすれば、充分だった。

三軒茶屋の駅から徒歩十分のアパート。

築年数は経っているものの、リフォームされているから、部屋の中はキレイだ。外観は、建てられたころの流行りだったのか、ヨーロッパのアパートメントのような、凝ったデザインになっている。ベランダの柵は曲線を描き、バルコニーといった感じだ。

東京での生活にも、家族と離れてひとりで暮らすことにも、友達のいない大学に通うことにも、不安しかなかった。

けれど、映画やドラマで見たことのある街並みや理想以上のものが揃った部屋に、一気に浮かれた。

ただ、その浮かれた気分も、長くはもたなかった。

ベッドから起き上がり、ぼんやりと部屋を見回す。

クリーム色のカーテンを開けると、光が射す。

四月の空は、晴れていても、うっすらと曇って見える。

トイレに入り、手を洗い、冷蔵庫から麦茶を出し、グラスに一杯飲みながら、自分がどこにいるのか確かめていく。

産まれてから高校を卒業するまで、引っ越したことがなかった。

小さな町の小さな一軒家に、両親と五歳上のお姉ちゃんと四人で暮らしていた。お姉ちゃんは、高校卒業後は進学せずに県内で就職した。去年、結婚して、わたしと一緒に実家を出た。

眠ると、感覚がリセットされたように、実家にいる気持ちになる。

六畳の部屋に、小学生のころから使っているベッドと勉強机がある。押入れにはお客さん用の布団や季節家電をしまうから、わたしの服やカバンは洋服ダンスに詰められている。制服やコートはハンガーラックにかけられ、本棚には漫画と問題集が並ぶ。襖《ふすま》を開け、廊下に出たら、正面が両親の部屋で右隣がお姉ちゃんの部屋だ。一階には、台所やリビングや洗面所があり、柴犬のウメと真っ白な猫のユキがいる。

アパートに押入れはないし、ワンルームだから襖もないし、犬も猫も飼えない。

窓の外には、田んぼや畑や林ではなくて、住宅街が広がっている。高いビルやマンションもあり、二階でも埋もれそうだ。人通りも多い。アパートの前の通りをまっすぐに行き、角を曲がると、商店街へ出る。そのまま進んで、高速道路の下をくぐると、駅がある。駅には、キャロットタワーというオレンジ色の高層ビルが建っているが、わたしの部屋からは方角的に見えない。

テーブルに置いていたスマホが鳴る。

LINE通話で、お姉ちゃんからだった。

「もしもし」

『何してるの？』

「今、起きた」

『大学は？』

「まだ春休み」話しながら、クローゼットを開けて、パーカーとジーンズを出す。

『パン屋、行った？』

「行ってないよ」

今年のはじめ、YouTubeで嵐《あらし》の二宮《にのみや》くんがジャニーズの年末のイベントにパンを差し入れた動画をお姉ちゃんは見たらしい。そのパン屋は都内に何店舗かあり、三軒茶屋にもある。駅を境にして、アパートとは反対側なので、ほとんど行ったことのない辺りだ。何度も「行った？」と聞かれているが、なかなか行く気が起きない。

『どこか、東京っぽいところ、行ってないの？』

「うーん、課題とかバイトとか、結構忙しいんだよね」

『春休みに課題があるの？』

「休み中は、ないけど……」

『もうすぐ二十歳になるんだし、お酒も飲めるんだから、もっと遊んだりしなよ』

「そうだねえ」

多分、お姉ちゃんも県外に出たいという気持ちは、あったのだろう。でも、うちの経済状況を考えると、姉妹ふたりが進学するのは難しいように感じた。それ以外にも理由はあるのだろうけれど、お姉ちゃんは県内に残り、就職することを選んだ。

進学させてもらえた分、お姉ちゃんの望みをかなえたいとは思っている。

「パン屋、行ってくるよ」

『本当に？』電話の向こうで、お姉ちゃんは嬉しそうな声を上げる。

「食べたら、感想のＬＩＮＥ送るね」

『待ってる』

「じゃあ、またね」

通話を切り、着替える。

朝ごはんに食べるようなものもなかったから、ちょうどいい。

財布と鍵を入れたエコバッグを持ち、不織布のマスクをしてから、部屋を出る。

自転車で行こうかと思ったが、店の近くに停められるところがないかもしれないから、歩くことにした。

駅の近くまで行き、スマホで地図を確認する。

広い通り沿いをまっすぐに行ったところで、駅から五分もかからなかった。

YouTubeで動画が公開されたばかりのころは行列ができ、すぐに売り切れてしまったようだ。お姉ちゃんに言われ、買いにいこうとしたものの、ツイッターにそう書かれていたのを見て、諦めた。今でも、朝は列ができるらしい。しかし、開店してから少し時間が経っているからか、すぐに買えた。店の人気メニューである白トリュフの塩パンを五個買って、外に出る。

東京っぽいことをしたと感じ、興奮する気持ちを抑えるため、店の前で軽く息を吐く。吐いた息は、マスクにぶつかって、跳ね返ってくる。

通り沿いには、小さなカフェやレストランが並んでいる。パン屋も何軒かあった。バーや居酒屋もあるみたいだ。

その中に、なぜか小さな本棚が置かれていた。

ビルの入口に文庫本を並べた本棚があり、店の看板らしき木の板が立てかけられている。

そこには『twililight』と書かれていた。

「……トワイライライト」思わず、口に出す。

ひとつ「ライ」が多い。

入口の奥、階段を上がっていった先には、本屋さんがあるのだろうか。

塩パンをエコバッグに入れて、駅まで戻る。

三軒茶屋には、田園都市線と世田谷線の二路線が通っている。田園都市線は地下に駅があり、世田谷線は地上を走る。シアタートラムという劇場の横の改札から入って、世田谷線に乗る。二両編成の黄色い電車は、住宅街の中をゆっくりと進んでいく。通勤や通学に使っている人も多いため、朝や夕方は混むこともあるようだけれど、平日の昼は座れるくらいには空いている。

実家にいたころは、電車に乗ることは、年に数回しかなかった。

高校には自転車で通い、友達と遊ぶ時にはバスを使うか、両親かお姉ちゃんに車で送り迎えをしてもらった。電車に乗るのは、バレー部の遠征の時ぐらいだった。

東京に来て、最初に田園都市線に乗った時には、本数の多さにも混み具合にも驚き、ここでは暮らしていけないかもしれないと感じた。今も、ちょっと息苦しく感じてしまうので、できるだけ自転車を使うようにしている。

でも、世田谷線は、混む時間帯を避ければ、穏やかな気持ちで乗れる。駅と駅はそれほど離れていない。歩いても行けるような距離でも、たまに利用する。

二駅先の若林で降りて、住宅街の中を歩いていく。

緑に囲まれた白い壁に青い屋根の古い一軒家の前で立ち止まり、チャイムを鳴らす。

返事がないので、もう一回鳴らしてみる。

「……はい」眠そうな顔をした信兄ちゃんがドアを開けて、出てきた。

宅配便だと思ったのか、一応という感じで、布製の黒いマスクをしている。髪はボサボサで、まだ肌寒いのに、Tシャツに短パンを穿《は》いていた。

「おはよう」

「おやすみ」そう言って、信兄ちゃんはドアを閉めてしまう。

「待ってよ」ドアを開け、家に入る。

わたしがアパートを引き継いだ後、信兄ちゃんはこの家に引っ越してきた。築五十年以上の木造の小さな一軒家とはいえ、世田谷の人気の高い地域に建っているため、決して安くはない。交渉に交渉を重ね、どうにか買える額まで値下げしてもらい、購入した。

もともと人に頼まず、自分でリフォームするつもりだったので、安く済んだところもあるようだ。アパートは賃貸で、好きなようにはできなかったから、自分の家が欲しかったらしい。

小説家という仕事をしているため、ほぼ常に家にいる。

仕事の合間に、ちまちまと水回りを直したり、壁紙を張り替えたり、階段に滑り止めを貼ったりしている。

「寝てたの?」台所に入っていく信兄ちゃんに聞く。

「仕事してた」

「そうなんだ。気にせず、仕事に戻っていいよ」

仕事部屋と寝室は二階にあり、一階に台所とリビングとお風呂やトイレがある。ひとりで暮らすには充分な広さだとは思うけれど、本が多いせいか、狭く感じる。リビングの壁一面の本棚の他に、家中のいたるところに本が積まれている。

信兄ちゃんは、わたしよりも一回り歳上だ。

三十歳を過ぎているのに、若手イケメン小説家とか言われて、雑誌に載ることがある。この家で取材を受け、写真が載っていた。照明や角度によって、家も人もキレイに写るものだと驚いた。

「集中力、切れた」

「……申し訳ない」

「本気で思ってないだろ？」

「いやいや、そんな」

話しながら、わたしは台所で手を洗って、マスクを外してうがいをする。外したマスクは、忘れてしまわないように、パーカーのポケットに入れておく。

「何しに来たんだよ？」信兄ちゃんは、不満そうに言いながらも、コーヒーを淹れてくれる。

三軒茶屋にあるお店で豆を買ってきて、自分で挽《ひ》いている。

「パンをお持ちしました」塩パンをエコバッグから出す。

「パン？」

信兄ちゃんは、パンをひとつ手に取り、匂いを嗅《か》ぐ。

見た目は、よくあるようなロールパンだ。

しかし、上にトリュフ入りの塩がかかっているため、普通のパンとは違う匂いがする。

「変な匂いがする」

「トリュフだよ」

「んー」顔をしかめ、信兄ちゃんはパンを遠ざける。

「食べたことないの？　トリュフ」

コーヒーを淹れたマグカップとパンをリビングに持っていき、向かい合って座る。

「なくはない。なんか、出版社の人が食べさせてくれたリゾットか何かに入っていた」

「こういう匂いだった？」

「わかんない」首を大きく横に振りつつも、またパンに鼻を近づけていく。

トリュフなんて、わたしは一度も食べたことがないし、テレビでしか見たことがない。お姉ちゃんに正確に味を伝えるため、信兄ちゃんの家まで来たのだけれど、特に意味がなかったかもしれない。

「これ、あっためた方がいいんじゃないか？」

「買ってきたばかりだし、大丈夫でしょ」

「そうか」

ひとつずつ手に取り、ひと口食べる。

パンとしては、とてもおいしい。

動画で、ジャニーズの人たちがはしゃいでいたのが納得できるくらいには、おいしい。

しかし、トリュフがわからない。

「……トリュフ」信兄ちゃんは、また匂いを嗅ぐ。

「正解がわかんないね」

「うまいは、うまい」

「うん」

「しかし、これがトリュフの味なのか、なんなのか」

「そうだね」

話しながら、パンを食べていく。

ひとつ食べ、ふたつ食べ、コーヒーを飲む。

五個買ってきたので、最後の一個は半分ずつにわける。

「お姉ちゃんに、なんて感想を送ろう」エコバッグからスマホを出す。

「写真送って、おいしかったとか書けば、充分じゃないか？」

「いや、不充分だと思う。写真、撮ってないし」

「今どきの女子大生は、すぐに写真撮ったりするんじゃないのかよ」

「女子大生って、言い方がダサいよ」

「そうなの？」目を大きく開き、信兄ちゃんは驚いたような顔をする。

「なんか、女子大生って、キャピキャピしてる感じがする」

「キャピキャピもダサくないか？」

「だから、そういう感じだよ、ちょっと前の時代の雰囲気」

「なるほど」

　パンを食べ終えて、わたしも信兄ちゃんも、黙ってコーヒーを飲む。

　庭には、枇杷《びわ》の木が植えられている。

　前に住んでいた人が大事に育てていた木で、夏になる前には実がなる。タダで枇杷を食べられることも、この家の魅力だったみたいだ。信兄ちゃんの実家である、伯父さんの家も福島県内だ。近所の人の育てた桃やさくらんぼが大量に送られてくる。それでも、果物が食べ足りないらしい。

「東京に出てきても、キャピキャピしなくて、おじさんは安心だよ」

「おじさんじゃなくて、いとこじゃん」

「親戚一同安心しているっていう話だよ」

「ふうん」

「お姉ちゃんにだって、元気にしていることを報告すれば、それでいいんじゃないか?」

「ううん」首を横に振る。「これは、そういう問題じゃないの。お姉ちゃんの推しが、このパンを気に入ってるんだって。それで、味が知りたいから、しつこく言ってきたんだもん」

「そうなんだ」

「そう」

考えて〈パンは、とてもおいしかった。でも、トリュフなのかどうなのかは、よくわからなかった〉と、正直な感想を送る。

その後で〈夏ぐらいに、来られたら、東京に遊びにきて。信兄ちゃんがパンだけじゃなくて、トリュフも食べさせてくれるから〉とも送ろうか迷って、やめた。

スマホをテーブルに置き、残りのコーヒーを飲む。

高校一年生のころ、東京の大学に行こうと決めた時は、キャピキャピした女子大生になることを思い描いていた。遊ぶためではなくて勉強するために、上京と進学をさせてもらうのだと思っても、華やかなことに憧れがあった。別に、どうしても東京に出たかったわけでもない。ただ、実家から通えるところでは、進学先が限られている。仙台に行くことも考えたが、近いというだけで、親戚や知り合いはいない。大学で友達ができるだろうし、仙台に進学する同級生もいる。しかし、何かあった時のことを思うと、友達だけでは心もとない気がした。東京ならば、先に上京した信兄ちゃんが大学卒業後も住みつづけているから、安心できそうだった。小説家のいとこに案内してもらって、夜遊びしたりする東京での生活は、きっと素敵になる。

田んぼと畑と林に囲まれた高校で、そう夢見ていた気持ちは、高校三年生になる前に、打ち砕かれた。

突然現れた感染症は、一瞬と思える速さで日本中に広がっていった。

高校はしばらく休みになり、部活も友達と会うことも禁止された。お父さんは役所に勤めていて、お母さんは近所の農家の手伝いをしている。収入に大きな影響はなさそうでも、変わってしまった日々の対応に追われていた。先のことなんて考えられなくなり、上京どころか、進学も難しいのだろうと感じた。諦めようとしていた時、お姉ちゃんが「こんな世の中だからこそ、自分のしたいようにした方がいい。わたしは、予定通りに結婚する！」と宣言した。わたしは、したいことなんて考えられなかったけれど、諦めたくないと感じた。

両親にお願いして、信兄ちゃんの協力もあって、どうにか東京に出てこられた。世の中の状況は、落ち着いてきている。けれど、お姉ちゃんに「遊びにきて」と気軽に言えるほどではない。


春休みが終わり、オリエンテーションや健康診断も済んで、授業がはじまった。次の授業の教室を廊下に貼ってある案内図で確認する。二年生になったのに、大学のどこに何があるのか、全くわからない。わたしが憶えられていないというわけではない。

昨年度は、オンライン授業が基本だった。わたしは、社会学部だから、実習とかもない。入学式もなかったし、同じ学年や学部の人たちと会うことがないまま、一年が終わった。たまに、図書館や学食を利用するために来たぐらいだ。運動部やサークルに入って活動している人もいたみたいだけれど、どういう部やサークルがあるのか知る機会もなかった。

感染症の状況を見つつ、今年は対面授業が基本になる。

それでも、オンラインのままの授業もあるし、体育祭や文化祭の開催は未定だし、部やサークルの勧誘活動は禁止されている。感染症が拡大していく前のことは知らないけれど、大学全体の雰囲気になんとなく寂しさを感じる。

広い敷地内に、新旧の複数の校舎が建ち、学生や教職員の人数も多い。

以前は、もっと活気に溢《あふ》れていたのだろう。

いつか、その活気が戻ることはあるのだろうか。

そういう時が来るとしても、わたしが卒業した後ではないかという気がする。

二限の授業は必修科目で、同じ学部の二年生のほとんどが受けるため、広い階段教室だった。

後ろの方の窓側の席に座り、リュックからノートとテキストを出す。

わたしから見たら、初めて会う人ばかりだけれど、付属高校からの内部進学生もいるので、誰もがひとりでいるわけではない。SNSを使って、繋がっている人もいるようだ。

自分で、どこかの輪に飛び込まなければ、ずっとひとりだ。

地元には、保育園から一緒の幼なじみがたくさんいた。中学校を卒業して別々の高校に進んだ友達もいたけれど、それで関係が途絶えてしまうわけではなかった。近くに住んでいたから、いつでも会えた。高校では、バレー部に入り、新しい友達もできた。家族同様に、友達もいつも近くにいてくれる存在で、いなくなってしまうということをうまく想像できていなかった。東京に出てきても、すぐに誰かと仲良くなれると考えていた。

前のドアが開いて、先生が入ってくる。

高齢の男の先生で、マイクを通しても、何を喋っているのかがはっきり聞こえない。

黒板に書いていることを、とりあえずノートに書き写しておく。

先生は一方的に話すばかりだ。

これだったら、オンライン授業でもいいのではないだろうか。

眠っている学生もいるし、スマホやタブレットを見ている学生もいるし、小声で喋っている学生もいる。

アパートでひとりで受ける授業とは、わけが違う。

ひとりでいるよりも、知らない人ばかりでも、誰かがいてくれた方がいい。そう思うのだけれど、無駄なことをしているような気分になってくる。

どこから飛んできたのか、窓の外を桜の花びらが舞う。

もう桜は、ほとんど散っているはずだ。

最後の数枚が風に乗って、飛んできたのだろう。

大学内のどこに、桜の木があるのかも、知らない。


アパートに一度帰って、リュックを置いてから、バイトに行く。

バイト先は、近所にあるコンビニだ。

学費は両親に払ってもらい、仕送りも家賃と最低限の生活費はもらっている。他に、毎月必ずお米と野菜と果物が食べきれないほど、送られてくる。そこには、お母さんの作った煮物や道の駅で売っている瓶詰の他に、東京でも買えるインスタント食品やトイレットペーパーまで入っている。バイトをしなくても生活していけると思ったが、アパートでリモート授業を受けるだけの日々には耐えられそうになかった。

田園都市線に乗れば、渋谷や表参道まで、五分くらいで出られる。東京っぽいお洒落なお店で働くことも考えたが、ハードルが高いと感じた。どうするか迷っていた時に、コンビニでバイトを募集しているのを見つけ、まずはここからにしようと決めた。

裏口の鉄の扉を開け、店の事務室兼休憩室に入る。手のアルコール消毒をしてからロッカーを開け、私服の上に制服のシャツを重ねて着る。体温を測り、事務机に置いてあるパソコンで出勤の手続きをして、店に出る。

「おはようございます」レジに行く。

出勤のあいさつは、朝でも昼でも夜でも深夜でも「おはようございます」だ。

高校生の時は、夏休みと冬休みにショッピングモールで短期のバイトはしたことがあった。子供たちの参加するイベントの手伝いをしたりクリスマスケーキを売ったりした。友達と一緒だったし、仕事の規則を細かく言われることもなくて、部活の延長みたいに感じていた。

コンビニはルールも多いし、憶えないといけない仕事もとても多い。

最初は戸惑うことばかりだったが、少しずつ憶えていった。

「おはよう」昼番だった河瀬《かわせ》さんが疲れた顔でわたしを見る。

河瀬さんは、近くのマンションに家族で住んでいる。中学生の息子さんと小学校高学年の娘さんがいるお母さんだ。主に平日の昼間に働いている。

学生バイトみたいな人ばかりかと思っていたが、そうでもなかった。昼は主婦パートが河瀬さん以外にもいて、夕方から夜は学生が増え、深夜から早朝はバンドや演劇活動をしているフリーターの人が多くなる。それ以外に、定年退職した男性や中国からの留学生もいる。

「忙しかったんですか？」レジに入り、河瀬さんに聞く。

「なんか、細々と仕事がつづいた感じ。品出ししてたら、レジにお客さんが来て、宅配便とかチケットの発券とかあって。特別なことがあったわけじゃないけど、リズムが作れなかった」

「ああ、そういう日、ありますよね」

扱う商品は多種多様で、レジでの業務も多い。うまく回る日もあるけれど、なかなか思うように作業を進められない日もある。そういう日は、身体以上に気持ちが疲れてしまうように感じる。

「大学、通ってるの？」河瀬さんが聞いてくる。

「はい」

「良かったね」

「またいつリモートになるか、わかりませんけど」

レジ回りを見て、宅配便の受付や商品の補充がどういう状況なのか確認しながら話す。

「うちの子たちも、今は通えてるけど、どうなるのか」

「このまま、感染者が減っていくとは思えませんよね」

「そうだよね」

感染症が拡大したころは、数日や数週間のうちに収まると言われていた。しかし、数ヵ月過ぎても収まらず、二年以上が経った。その間、感染者数は減ったり増えたりを繰り返している。最近は、減ってきているけれど、ゴールデンウィークが終わった後辺りに、また増える気がする。

空気中を見えないウィルスが漂っているのだと考え、前は恐怖を感じたこともあったけれど、いつからか「どうしようもない」という気持ちが強くなった。マスクをして、うがいをして、アルコール消毒をしても、感染する時にはするだろう。

「棚の整理してきますね」

河瀬さんにレジを任せ、店内を見て回り、商品の抜けているところを整理していく。

お菓子やペットボトルのドリンクは、深夜番の人が補充することが基本になっている。

店内の清掃も、深夜番の仕事だ。お弁当やスイーツは、早朝からお昼にかけて届くので、その時に出勤している人が並べていく。夕方から夜は、商品が届くことはほとんどなくて、チルド品を補充して並べ直す程度だ。お客さんが多いから、大掛かりな清掃や棚のレイアウト変更もできなかった。

あいた時間には、棚の整理をして軽い掃除をしていく。

商品は次から次に売れていくから、マメに整理しておかないと、店中がなんとなく汚い印象になってしまう。

お客さんの少ない時間帯でも、ぼうっとする隙なんてなくて、ずっと動いている。

あまりにも忙しいため、バイト初日は「やっていけないかもしれない」と感じた。だが、店長も先輩たちも優しい人ばかりで、フォローしてもらえた。そして、東京に出てきたものの、授業はリモートで「これだったら、実家にいても良かったのでは？」と悩む日々の中で、気を紛らわすことができた。

実家は、田んぼや畑や林に囲まれていたけれど、コンビニや他のお店がなかったわけではない。

地元にいても、コンビニでバイトすることはできる。

だが、福島と東京では、お客さんが違う。

三軒茶屋の辺りには、芸能事務所があるらしい。駅前の一角には小さな飲み屋がたくさん並んでいて、感染症が広がる前は、芸能人がよく飲み歩いていたようだ。コンビニにも、夜遅い時間に、テレビで見たことのある人が何度か来た。それ以外にも、お洒落な人がたくさん来る。ちょっと出かけるだけという服でさえも、かわいらしい。何をしているのか、見た目だけではわからない感じの人もいた。

そういう人たちを見ながら、東京に出てきたことを実感した。

「すいません」

棚の整理をしていたら、女の人に声をかけられた。

マスクをしているから、ちゃんと顔が見えるわけではないが、わたしと同い年くらいだろう。背格好や服装の雰囲気も似ているように感じた。平均身長より少し高いくらいで、太ってもいないし痩せてもいない。ファストファッションのブランドで全身揃えた感じのカジュアルな服を着ている。

「はい」

「限定のクリアファイルが欲しいんですけど、対象商品のお菓子って、ありますか？」

「あっ、えっと、こっちの棚のこのチョコとキャラメルも対象になります」

「ありがとうございます」女の人は嬉しそうにして、お菓子を選んでいく。

お菓子やアイスを二品にアニメやアイドルのクリアファイルがつくという企画も、よくある。くじやコンビニでしか買えない限定商品も、多い。朝、商品を並べたのと同時に、消えるみたいに売り切れることもあるようだ。わたしは、昼番か夕方から夜の出勤ばかりなので、朝のことはよく知らないけれど、交替の時に「すでにない」という伝言をたまに聞く。

「あの、すいません」

さっきの女の人がまた声をかけてくる。

「はい、どうしました?」

「今日、同じ授業を受けてましたよね?」

「えっ?」

「階段教室で、後ろの隅に座ってませんでしたか?」教室のどの辺りか示したいのか、手を動かしながら話す。

「ああ、はい」

「わたしも、受けてたんです」

「ああ、そうなんですね」

「どこかで見たことあるなって思って。すいません、急に声をかけてしまって」

「いえ、大丈夫です。気にしないでください」

「わたし、大学に友達どころか、知り合いもいなくて」

「わかります！　わたしもです」思わず、大きな声を出してしまう。

「そうですよね」

「そうなんですよね」

共感し合ったことで、敬語を使いつつも、距離が縮まったように感じた。

「社会学部の二年で、中島優菜《なかじまゆな》です」

「同じく社会学部の二年で、森谷未明《もりやみめい》です」

「ん？」中島さんは、首をかしげる。

「未明。夜明け前のこと」

「あっ！」納得したのか、笑顔で大きくうなずく。

ガラスに張りつくようにして、街を見下ろす。

世田谷線の線路はわかるけれど、他の建物は何がなんなのか、わからない。

富士山が見えるらしいのだが、曇っているというほどでもないのに、遠くの景色はかすんでいた。

駅ビルのキャロットタワーの二十六階にある展望ロビーには、無料で入れる。

前から気になっていて、初めて来た。

半分はレストランになっていて、そこに入らなければ、東京タワーや都心部の高層ビルは見えないようだ。

「中島さんは、東京に詳しい？」

隣でガラスに張りついている中島さんに聞く。

コンビニで会った後、授業でも会い、話すようになった。中島さんも、ひとり暮らしで、三軒茶屋に住んでいる。今日は、授業の後でふたりともバイトがなかったから、キャロットタワーに上ってみようという話になった。

「全然」

「あっちが大学でしょ」

大学がある方を指さす。

マンションや一軒家の並ぶ住宅街の先に、緑に囲まれた広い公園がある。そこではなくて、その隣が大学の敷地だ。

「それ以外、何もわかんないね」中島さんが言う。

「うん。でも、家がすごく多いし、住んでいる人がすごく多いということは、わかった」

「そうだね」

「よくこんなに詰め込めるよね」

高層ビルと言えるほどの高い建物は、この辺りではキャロットタワーだけだ。他のビルは、高くても十階ぐらいなのだろう。上からだと、模型がビッシリ並んでいるように見える。けれど、おもちゃなんかではなくて、実際に人が住んで生活しているのだ。

リモート授業を受けていた一年間、街を歩けば人がたくさんいたし、コンビニでは人に接していたし、ごはんを食べて眠って生活していた。

でも、様々なことに対し、実感がないと考えていた。

壁に囲まれた街に暮らしているような気分になった。

ネットを見れば、日本全国ばかりではなくて、世界の様子を知ることができる。世界は、とても広くて、いつかまた海外に行くことも考えられる世の中になると思っても、とても遠い未来のことのような気がした。

その未来には、どれだけ手を伸ばしたところで、届かない。

上から見れば、壁になんて囲まれていなくて、たくさんの人がいることがよくわかる。

それでも、なんとなく違和感が残った。

「森谷さんは、どこの出身？」ガラスから離れ、中島さんはあいているソファーに座る。

座らないようにと書かれているところを避け、少し間隔を開けて、わたしも座る。

「福島」

「東北なんだね」

「うん」

何か言われるかと思ったが、中島さんは何も言わずに、リュックのポケットからキャラメルの箱を出す。

「この前の、クリアファイルの時の」そう言いながら、箱を開けて、一個差し出してくる。

「ありがとう」受け取り、紙をはがし、一瞬だけマスクを外し、キャラメルを口に入れる。

　キャラメルシロップの入ったコーヒーを飲んだり、キャラメルソースのかかったスイーツを食べたりすることはたまにあるが、キャラメル自体を食べるのは久しぶりだった。

「キャラメル、久しぶりに食べる」同じようなことを考えていたみたいで、中島さんが言う。

「わたしも」

「推しがいると、自分だけでは知らなかった世界を見られる」

「ふうん」

　コンビニで、中島さんが買っていたのは、アイドルのクリアファイルだ。発売日にほとんど売れてしまったのだけれど、対象のお菓子が足りなくて、たまたま何枚か残っていた。お菓子が入荷して、一度下げたクリアファイルを出したところだった。

　中島さんがアイドルを推していなかったら、クリアファイルが発売日に売り切れてしまっていたら、わたしがコンビニでバイトしていなかったら、わたしたちが出会うこともなかっただろう。

　そこまでのことを中島さんが言っているわけではないけれど、ひとつひとつの小さな出来事は、大きな出来事へ繋がっていく。

　とりあえず、キャラメルは、甘くておいしい。

「森谷さんは、推しとかいないの？」

「うーん、うちのお姉ちゃんは、中島さんと同じようにアイドルが好きだよ」

「そうなんだ」

「YouTubeで見たパンを買いにいかされた」

「わたしも、行ったよ」

「トリュフ、わからなかった」

「トリュフ、わかんないよね」

　ふたりで、笑い合う。

　話しているうちに、陽が傾いていき、外がゆっくりと暗くなっていく。

「中島さんは？　どこの出身？」

「長野県の松本」

「お城があるところ？」

「そう」

もっと何か聞きたかったけれど、何も思い浮かばなかった。

松本は、テレビで見たことがある。

キレイなところだと思い、行ってみたいと感じた。でも、何か聞こうと考えると、それは差別になるのではないかという不安がよぎる。迷ううちに、胸の中から言葉が消えていってしまう。

「市の端《はし》の方だから、何もないの」中島さんが言う。

「そうなんだ」

「東京に憧れて出てきたんだけどね」

「東京っぽいところ、行った?」

「ううん」首を横に振る。「最初は、授業はリモートだし、時間を無駄にしちゃいけないと思って、ドラマの撮影をしていた場所とかバラエティで推しが行っていたお店とか行ってたの。でも、こっちに友達や知り合いがいないからひとりだし、感染した場合のことを考えたら、怖いなって感じて、どこも行かなくなっちゃった。ツイッターで、ファン同士でやり取りしたりしても、会うのは難しい感じがした」

「東京に親戚とかいないの?」

「いるけど、何かあった時に頼れるほど親しいわけじゃない。松本から出てきた友達も、集まったりできなかったから、たまにリモートお茶会とかやるぐらい。森谷さんは、親戚とかいるの？」

「いとこがいる。もともと、そのいとこが住んでたアパートに住んでる」

信兄ちゃんがいてくれて、わたしは運が良かったのだろう。わからないことがあれば、すぐに聞ける。もしも感染したら、食料を買ってきてほしいと頼むこともできる。福島から出てきた高校の同級生は何人かいるが、仲のいい人はいない。

「高校生の時には、感染症が広がってたし、ある程度覚悟して来たけど、この一年はしんどかったなあ」

「そうだね」

「こうして、しんどかったって言える相手がいるだけで、息ができるようになった感じがする」

「うん」大きくうなずく。

悪いことなんて何もしていないのに、息を潜《ひそ》めるように暮らす一年だった。

この一年のことを思い出そうとしても、全てが水に溶けて、消えていったように感じる。

でも、今の三年生や四年生は、もっと大変だったのだろう。

「夕ごはん、食べにいく?」

「行こう」

外は暗くなり、住宅街にはいくつもの灯りが点った。

地元で見た、星空を思い出した。

山奥とかではないから、普段から星がたくさん見えていたわけではない。

けれど、街中の灯りが消えた日、いつもは見えない星が夜空に広がった。

「何、食べようか?」中島さんが聞いてくる。

「どうしようか」

「お酒は、まだ飲めないよね?」

「再来月」

「わたし、八月」

ソファーから立って、エレベーターの方へ行く。

展望フロアにあるレストランは、値段が少し高めだし、学生が気軽に入れる雰囲気ではなかった。

「あっ、あれ、新宿だよね?」エレベーターを待っていると、中島さんは窓の外を指さす。

エレベーターが並ぶ横の窓からは、新宿の高層ビル群が見えた。

それほど離れていないはずなのに、遠く感じる。

「新宿だね」

ぼんやり見ているうちに、エレベーターが来たので、乗って下まで降りる。

どこでごはんを食べるか相談しながら歩き、キャロットタワーのすぐ隣にあるデニーズに行く。

窓側の席に座り、メニューを見て、わたしはハンバーグを頼み、中島さんはグラタンを頼んだ。

話しながら待ち、水を飲むために、わたしも中島さんもマスクを外す。

「あっ、そういう顔をしてるんだね」中島さんが言う。

「あっ、本当だ」わたしも中島さんを見て、同じことを思う。

大学で会っても、授業を一緒に受けただけで、学食に行ったりはしなかった。キャラメルを食べる時に、一瞬だけマスクを外したけれど、ちゃんと顔は見なかった。

初めて、ふたりでごはんを食べる。

そして、マスクを外した顔を初めて見た。

東京に来てから知り合った人、大学で一緒に授業を受けている人たち、アルバイト先の店長や先輩たち、同じアパートで暮らして廊下ですれ違う人たち、誰の顔も見たことがなかったのだ。


大学卒業後のことは、まだ何も考えていない。

福島に帰ろうとは思っていないが、東京に残りたいというわけでもない。就職した会社によっては、行ったことのない場所へ転勤になることもあるだろう。東京にいるのは、大学在学中の四年間だけという可能性がある。三年生や四年生は、単位をしっかり取っていれば授業時間が減るので、対面授業になっても、週に数日しか大学に来ていないようだ。就活や卒業後の準備の方が忙しくなるのだと思う。

一年は、何もしていないのに、信じられないほどのスピードで過ぎ去ってしまった。ぼんやりしていたら、残りの三年も、すぐに過去になっていく。

小さな本棚に並ぶ本を見て、階段を上がっていく。

二階にもお店があるが、入口に本棚を置いていたのは、三階のお店のようだ。

さらに階段を上がり、三階まで行く。

ドアはアンティークなのか、木枠で上半分がガラス張りになっている。

一息ついてから、ドアを開ける。

入ってすぐのところにカウンターがあり、店員と思われる男性がいる。

「いらっしゃいませ」

「あっ、あの、見ていいですか？」

「どうぞ」

「失礼します」

ビルのワンフロアを使っていても、それほど広くはない。しかし、大きな窓があり、陽の光がたっぷりと入るからか、狭い感じはしなかった。

壁一面が本棚で、平積みできる台もあるが、ただの本屋というわけではないみたいだ。

テーブルとソファーが並び、カフェにもなっている。

女の人が一人いて、お茶を飲みながら、本を読んでいた。

床も壁も白いのだけれど、一部だけ青いタイルが貼られている。

絵も飾ってあり、一段上がったところはギャラリースペースとして使われているようだ。

「本を見るだけでも、大丈夫ですか？」店員さんに聞く。

「大丈夫ですよ」

信兄ちゃんよりも、年上だろう。若く見えるけれど、落ち着いた感じの男性だ。

「ちょっと見させてもらいます」

端から本棚を見ていく。

お店独自のセレクトという感じで、他の本屋さんでは見たことがないような本が並んでいる。ただ、売れている本も扱っていて、こだわりすぎていないところが心地良く感じられた。新刊だけではなくて、古本も売っているようだ。小説家のトークイベントもやっているのか、特集コーナーがあった。

子供のころ、伯父さんの家に行っても、信兄ちゃんは遊んでくれなかった。いとこが集まっている中、自分の部屋にこもり、信兄ちゃんはひとりで本を読んでいた。わたしは、いとこの中で、一番年が下だ。外で遊んだりゲームしたりする中に入れない時、避難する先が信兄ちゃんの部屋だった。隣に座り、一緒に本や漫画を読むうちに、遊んでもらえるようになった。

大学では、文学部に入ることも考えた。

しかし、信兄ちゃんから「本に関する仕事がしたかったら、社会を知らなくてはいけない」と言われた。

学生の時に小説家になり、デビュー作は出版不況と言われる時代では信じられないくらい、売れた。しかし、もてはやされる中で、辛い思いもしたようだ。

わたしは、出版社に勤めたいとか自分も何か書いてみたいとか考えたこともあるけれど、今はそういう気持ちはない。

身近な人の苦労する姿を見て、自分は同じようにはなれないと感じた。

趣味として「本が好き」というくらいの距離感で、付き合っていきたい。

「また来ます」

一周して、店員さんに言ってから、店を出る。

「ありがとうございます」

店員さんの声を背中で聞きながら、階段を下りていく。
気になっていたお店に入った。
それだけのことで、世界が少し変わった気がした。
さっきよりも、深く呼吸ができるように感じる。

梅雨に入ったと思ったら、すぐに終わってしまい、夏が来た。

東京の梅雨は短いと感じたのだが、そういうわけではなくて、例年よりもずっと早く梅雨明けしたらしい。

まだ七月半ばなのに、もう何ヵ月も夏がつづいているみたいに感じる。

twilight の窓側の席で、アイスカフェオレを飲みながら、窓の外を眺める。

記録的な猛暑ということで、青い空の真ん中で太陽が全力で輝いている。

「試験勉強?」店主の熊井《くまい》さんが声をかけてくる。

「はい」

「どういう勉強してるの?」

「社会学という名で、様々なことを」

「ふうん」

熊井さんはうなずきながら、わたしがテーブルに広げているノートやテキストを見て、カウンターに戻っていく。

今年の三月十一日に、twilight はオープンした。

従業員は、店主である熊井さんだけだ。たまに、奥さんが手伝いに来ている。カフェスペースの座席は十席もないし、混むほどにお客さんが入ることは滅多《めった》にないし、三人以上のグループで来るようなお客さんは少ない。話している人がいても、お茶を飲んだりスイーツを食べたり棚の本を見たりしながら、他の人の邪魔にならないように小さな声で話すだけだ。

感染者は、急激に増加している。それでも、不要不急の外出を求められるばかりで、緊急事態宣言とかは出ないようだ。駅の近くのコーヒーショップは常に満席で、ファストフード店やファミレスは集中できる雰囲気ではない。しかし、アパートにひとりでいると、去年のことを思い出してしまい、息苦しくなる。

ここだったら、安全そうで落ち着けると思い、twilight にたまに来るようになった。自分だけの場所にしたいから、信兄ちゃんや中島さんには教えていない。

「こんにちは」ドアが開き、男の人が入ってくる。

常連なのか、前にも何度かここで見たことのある人だ。

服装や顔の感じから、わたしよりも少し上で、二十代前半から半ばぐらいではないかと思う。大きな目で浅黒くて、整った顔をしている。しかし、マスクをしているため、判断しきれない。

カウンターの前に立ち、熊井さんと話している。

何を話しているのか、わたしの席までは、聞こえなかった。

窓から射しこむ光、誰かが近くにいて話す声、たくさんの本の香りをなんとなく感じながら、試験勉強を進める。

去年は、リモート授業がつづく中で、試験もできなかったため、レポートが多かった。一年生は履修《りしゅう》科目も多くて、レポートをいくつも書かなくてはいけないことに、途方に暮れた。今年は、教室で試験が受けられるようになって安心したけれど、これはこれで楽ではない。中学や高校の暗記と穴埋めの試験とは違い、理解して説明できるようになる必要がある。ノートやテキストやタブレットの持ち込み可の試験もあるが、知識を使いこなせなければ、どうしようもない。

しかし、自分でノートに書いたはずのことが全く理解できない。

授業中だって「よくわからない」と思いながら、黒板を書き写していたのだから、当たり前だ。

ノートのどこに何が書いてあるのかだけ、印をつけて、わかるようにしていく。

長居してはいけないと思い、テーブルに置いていたスマホで時間を確認する。

五時を過ぎているのに、外はまだまだ明るい。

誰かに見られている気がして、横を見ると、さっき熊井さんと話していた男の人が隣の席に座っていて、目が合った。

どうしたらいいのかわからなくて、軽く会釈をして、そのまま視線を逸《そ》らす。


実家にいたころ、料理は全くしていなかった。

料理どころか、掃除も洗濯もお母さんに任せていた。自分の部屋の掃除や洗濯ものをたたんだりはしていたけれど、家事ができるとは言えない状態で、上京してきた。便利な家電がたくさんあるし、ネットでなんでも調べられるし、困ったらお母さんにLINEすればいいと思っても、自信を持てなかった。

この点に関しては、一年目がリモート授業ばかりで、ずっと家にいられたのは、良かったという気がする。

掃除や洗濯に時間をかけられて、楽な方法を見つけられた。実家から送られてくる大量の野菜を腐らせないようにするために、料理をしつづけた。ひとりだから、作り置きをしすぎると、何日もつづけて同じものを食べることになる。それを避けるため、動画を見たり、お母さんやお姉ちゃんにLINEで聞いたりしながら、色々なものを作った。

一年で「料理上手」とまではいかなくても、簡単なものであれば、レシピを見ないでも作れるようになった。

夕ごはんに、レンジでできる肉じゃがとパプリカのマリネとあまった野菜の欠片をキャベツもネギもニンジンも入れたみそ汁とごはんを用意して、テーブルに並べる。

テレビをつけて、YouTubeで中島さんの好きなアイドルの出ている動画を見ながら、食べる。

わたしもアイドルが好きになったわけではないけれど、どういう子たちなのか見てみたら、おもしろかったので、つづけて見るようになった。

疲れてしまうニュースが多い中で、平和な感じがする。

東京都の感染者数は一万五千人を超えている。だが、気にしない人は気にしないというか、どうすることもできないという気持ちなのか、飲み歩いている人もいるようだ。

アパートの先にある商店街には、居酒屋やイタリアンレストランやお酒を飲めるカフェが並んでいる。騒いでいる人たちの声が窓の外から微かに聞こえてくる。

六月の誕生日で二十歳になったけれど、お酒はまだひと口も飲んでいない。

両親もお姉ちゃんも、お酒が飲めないわけではない。でも、家で飲むことは、年に数回だけだった。高校の同級生の中には、こっそりお酒を飲んでいる人もいたけれど、わたしの周りにはそういうことをする友達はいなかった。子供のころに、親戚の集まりで、ちょっとだけビールに口をつけたことがあるくらいだ。

誕生日が来たら飲んでみようと思っていたものの、どこで何を飲んだらいいのか決められないまま、日々が過ぎてしまった。

バイト先のコンビニで、店長や先輩たちに聞いて、ビールか缶チューハイでも買おうかと思ったのだけれど、味気ない感じがした。せっかく今まで飲まずに来たのだから、記念になる場所で特別なものを飲んでみたい。信兄ちゃんにお願いしたら、どこかに連れていってくれるかと思ったが、仕事が忙しいらしい。

中島さんは、八月に二十歳になると言っていた。

来月、感染の状況が落ち着いたら、ふたりで飲みに行けるかもしれない。

しばらくは、感染者が増えていきそうだけれど、いつかまた減っていく。そして、また増えて、また減る。その繰り返しの中で、どう暮らしていくのか、決めるしかない。

実家にいた時は、いつも家族で夕ごはんを食べていた。お父さんの仕事の帰りが遅いとかお姉ちゃんが遊びにいっているとかあって、必ず家族全員が揃っていたわけではない。でも、ひとりということは、なかった。東京に来たころは、寂しさを感じつつも、そのうち慣れると思ったけれど、なかなか慣れない。

せっかく作ったごはんなのに、YouTubeを見たりスマホをいじったりしながら、おいしいのかどうかも考えないで、食べ終えてしまう。

お皿やお椀を片付け、テーブルを拭く。

洗い物を済ませ、グラスに麦茶を注いだところで、テーブルに置いておいたスマホが鳴る。

信兄ちゃんからＬＩＮＥが届いていた。

〈相談したいことがある〉とだけ書かれている。

なんとなく嫌な予感がしたが、〈何?〉と返信を送る。

すぐに〈電話する〉と返ってきて、待つ隙もなくＬＩＮＥ通話が鳴る。

「もしもし」

『もしもし』

聞こえてくる声は、信兄ちゃんなのだけれど、いつもと違うように感じた。そう思っていたら、電話の向こうから、咳き込んでいる音が聞こえた。

「どうしたの？」

『感染した』

「えっ？」

『一昨日から体調が悪くて、昨日の朝に病院に行って、ＰＣＲ検査受けてきた』

「そうなんだ」

『陽性だった』

「へえ」

大変なことになったと感じつつも、身近な人が感染した驚きの方が大きかった。高校生の時に、先生や同級生が感染していた。東京に出てきてからも、バイト先で深夜番の人が感染した。でも、家族や友達という近い人が感染したのは、初めてだ。

『食べ物を持ってきてもらえないか？』

「えっ？　なんか、もらえるんじゃないの？」

『もらえるらしいけど、時間がかかる。今日明日、食べるものがない』

「編集者さんとかは？」

『編集者さんは、仕事の付き合いの人で、そんなことは頼めない。そんなことを頼めるのは、ミステリー小説の中だけのことだ』

「ふうん」

『明日の午前中でいいから』

「今日、食べるものもないんでしょ？」

『……うん』うなずきつつも、また咳き込む。

「適当に何か買って、今から持っていくよ」

『こんな夜遅い時間に、外を歩かせたら、叔父さんと叔母さんに怒られる』

「大丈夫だよ」

夜だけれど、まだ八時を少し過ぎたところだ。

バイトの日はもっと遅くなることもあるし、外を歩いている人はたくさんいる。

『ドアの前に置いておいてくれればいいから。お金は後で渡す』

「わかった」

『ありがとう』

「じゃあね」通話を切る。

台所に立ち、夕ごはんに作った肉じゃがが余っているから、ジッパーバッグに詰める。冷凍しておこうと思っていたごはんは、おにぎりにしてラップで包む。喉が痛くて食べられない場合は、そのまま冷凍庫に入れられる。あとは、コンビニでヨーグルトやゼリー飲料、レトルトのおかゆを買えばいいだろう。足りないようであれば、また持っていけばいい。

エコバッグに詰めて、小さなショルダーバッグにスマホを入れて、外へ出る。

外はまだ蒸し暑くて、東京の夜はぼんやり明るい。


信兄ちゃんの家の玄関前に食べ物を置き、〈置いたよ〉とLINEを送ってから、世田谷線で三軒茶屋まで帰る。

夜の住宅街を走る電車は、奇妙なほど明るくて、知らない場所へ連れていかれるような気分になる。

そんなことはなくて、すぐに三軒茶屋に到着する。

キャロットタワーに入り、二階にあるツタヤに寄る。

特に欲しいものがあるわけではないけれど、本や雑誌を見ていく。

去年は、部屋にずっとこもっているわけにいかなくても、どこに行けばいいのかわからなくて、よくここに来ていた。夜遅くまで営業していて、東京に出てきたことを感じられた。

世田谷線の駅の横にあるシアタートラムの他に、キャロットタワーの三階には世田谷パブリックシアターという劇場がある。もうすぐ九時になるからか、観劇帰りらしい人もいる。演劇は、中学生や高校生の時に、校外学習でしか見たことがない。道徳劇みたいなものだったのだけれど、内容はよくわからなかった。いつか、どちらかの劇場で、何か観てみたい。

小説の単行本を見て、雑誌コーナーをチェックして、奥の文庫本コーナーに行く。

欲しい本はあるけれど、月の予算を決めている。

また来月にしようと思い、出口の方へ行こうとしたら、男の人と目が合った。

彼は、なぜか児童書の並ぶ中に立っている。

ただ、本ではなくて、明らかにわたしを見ていた。

昼間、twilightで熊井さんと話していた人だ。

「こんばんは」彼が言う。

「こんばんは」無視するのも変なので、あいさつを返し、彼の前に立つ。

顔が十センチぐらい上にあるので、見上げる格好になる。

近くで見ても、キレイな顔をしている。

オリエンタルというか、黒目が大きくて、日本人離れした雰囲気だ。手足が長いので、よくありそうな白いオーバーサイズのTシャツと黒の細身のパンツでも、お洒落に見える。

すぐに帰るつもりだったから、わたしはボーダーのひざ下丈ワンピースにスポーツサンダルという格好だ。並んで立つと、大人と子供みたいに感じる。

「何してるの？」彼が聞いてくる。

「ちょっと、見ていただけで」

「ごはん、食べた？」

「あっ、はい」

「オレ、食べてない」

「えっ？」

「食べてない」大きな目でわたしを見ている。

「ああ、じゃあ、どうぞ、食べた方が」

「一緒に行かない？」

「いや、ちょっと、今日は」

「忙しいの？」

「あの、いとこが感染していまして、わたしもどうかなっていう感じなので」

これは、ナンパなのだろうか。わたしは、今、謎のイケメンからナンパされているのだろうか。それとも、からかわれているだけなのだろうか。

高校二年生の時に半年くらい、彼氏がいたけれど、清らかな付き合いだった。向こうは、性的な願望で頭がいっぱいだったのかもしれない。わたしにだって、期待する気持ちはあった。ただ、もともと友達だったところから、付き合うことになったので、どうしたらそういう雰囲気になれるかわからず、疲れてしまった。キスを何度かして、ちょっと胸を触られただけだ。

男友達は何人かいるけれど、色恋と言われるものに対する免疫力は、ないに等しい。大学生になったら、サークルに入って、彼氏ができるという想像も、感染症の拡大に合わせ、消えていった。

「熱あるの？」

「いや、ないです」一応、体温を毎朝測るようにしていて、平熱だった。

「そのいとことは、最後にいつ会ったの？」

「二週間ぐらい前」

その時も、家まで遊びにいったものの、信兄ちゃんは仕事が大変そうだったから、少し話しただけだ。

「じゃあ、大丈夫じゃない？」

「……そうですね。でも、街は感染者でいっぱいかもしれないので」

「オレのよく行く店だったら、問題ない」

「うーん」

こういう時、どのように断ればいいのだろう。

ただ、断ってしまうことを「惜しい」と感じる気持ちもあった。

熊井さんという共通の知り合いがいるから、危ない目に遭うことはないだろう。人を簡単に信用してはいけないと思うけれど、不思議な感じがする人ではあっても、悪いことはしない気がする。

これを逃したら、こんなイケメンと話せる機会、二度とない。

だが、試験期間中だし、もしも感染してしまったら、困ることになる。

「あの、試験があるので」

「えっ？　高校生なの？」彼は、大きな目をさらに大きく開き、驚いた顔をする。

「違います。大学生です」首を横に振る。

「何年生？」

「二年生です」

「じゃあ、試験が終わったら、また会おう」

「……はい」

「またね」

手を振りながら、彼はツタヤを出ていく。

連絡先を聞いていないと思い、その背中を追いかけたけれど、見失ってしまった。

どうにかこうにか切り抜けて、試験が終わった。

できたとは思えないけれど、きちんと出席はしているし、単位を落とすことはないだろう。

試験の終了と同時に、異常にお腹がすき、学食の窓側の席に座って、カツカレーを食べる。

他ではなかなか見ないような、真っ赤な福神漬けが載っている。

テーブルにはアクリル板が並び、静かに食べるように注意書きが貼られているが、大きな声を上げて騒ぐ学生もいる。できるだけ人のいない辺りがいいと思い、端まで来たのだけれど、窓から陽が射すため、暑い。

外には芝生のスペースがあり、春ごろはそこでお喋りしている人もいたが、今はさすがにいない。

連日のように、猛暑であることと感染者の増加がニュースになっている。

「夏休み、どこか行くの?」正面に座る中島さんが聞いてくる。

アクリル板越しの会話を最初のころは「刑務所みたい。実際に行ったことはないけど」と思っていたのに、いつからか違和感を覚えなくなった。

中島さんは、タルタルソースがたっぷりかかったチキン南蛮定食を食べている。

「バイトするぐらい」

お姉ちゃんに遊びにきてもらうことは難しくても、自分が帰る分には大丈夫だろうと思っていた。しかし、信兄ちゃんの感染で、それも難しくなった。両親やお姉ちゃんや友達が何か言うことはないとわかっているけれど、肩身が狭く感じそうだ。万が一、感染していた場合、家族に迷惑をかける。

「中島さんは、どこか行くの？」わたしから聞く。

「コンサート！」

「ああ、当たったって言ってたもんね」

「うん」嬉しそうにうなずく。

チケットの抽選に当選して、コンサートに行けることになったという話は、前に聞いていた。

「いつだっけ？」

「九月だから、まだ先」

「それまでに、感染症が落ち着くといいね」

SNSやネットニュースを見ていると、たまに演劇の公演やコンサートの中止という情報が流れてくる。感染症が拡大しはじめたころは、一気に全てが閉まってしまい、何もかもが中止になった。やっと元に戻ってきたと思えたところで、また中止が増え、ファンの人たちは悲鳴を上げている。

「自分自身も、感染しないように気を付けないと」話しながら、チキン南蛮を食べて、押し込むようにごはんを口に入れる。「たくさん食べて、しっかり寝て、免疫力を上げる」

「そうだね」わたしも、カツカレーを食べる。

「いとこのお兄さん、どうした?」

「三日ぐらいは寝込んでいたみたいだけど、解熱剤が効いて熱が下がってからは、咳が出る程度で済んだらしい。味覚も問題なさそうだし、普通にごはん食べられてる。もともと家で仕事してるから、普段とあまり変わらないみたい」

明日で療養期間も終わるから、食べ物を持っていった時に使ったお金は、近いうちに回収しにいく。

「もしも感染したら、森谷さんのこと、頼ってもいい？」

「もちろん」

「森谷さんが感染した場合も、すぐに連絡してね」

「……うん」

「ん？　なんか、引っ掛かる？　あっ、頼める彼氏ができたとか？」

「できてない、できてない」大きく首を横に振る。

わたしと中島さんは、ふたりでごはんを食べたりお茶を飲みにいったりしているけれど、恋愛のことはほとんど話さない。ふたりとも、今は彼氏も好きな人もいないから、盛り上がるような話題にならなかった。ただ、中島さんは、高校生の時に長く付き合った彼氏がいて、一通りのことは済ませているらしい。今も、バイト先のコーヒーショップに、ちょっと気になる人はいるようだ。

「去年は、信兄ちゃんとバイト先の先輩しか頼れる人がいなかったから、前とは違うんだって感じたの」

「そうだね。わたしも、去年は誰もいなかったもの」

「少しずつ変わっていくんだね」

「うん」

「夏休み、ごはん食べにいったりはしよう」

「うん、うん」中島さんは、チキン南蛮とごはんで口をいっぱいにしたまま、うなずく。

大学の夏休みは長くて、二ヵ月近くある。

二十歳の夏の二ヵ月を何もしないまま過ごすのは、もったいないことだと感じた。

しかし、何がしたいかは、思い浮かばない。

感染症のせいというだけではないのだ。

もともと、特別に勉強したいことがあって、上京してきたわけではなかった。逆に、将来の夢とか何もないから、東京に出れば、何かしたいことが見つかるかもしれないと思っていた。福島にいても、それを見つけられる人はいる。だが、わたしは周りに流されるように就職することで、精いっぱいになると感じた。中学生の時も高校生の時も、友達に合わせるばかりだった。進学先だってバレー部に入ることだって、成績や仲のいいみんなに合わせただけだ。大学も、自分の偏差値で入れるところを選んだ感じで、絶対にここがいい！という意思があったわけではない。

毎日毎日、あれが食べたいぐらいの希望を満たすだけで、日々は過ぎていく。

一気に感染症が広がり、世界が変わっていく中で、人生の意味みたいなものを見出した人もいるのだろう。生き方を変えた人も多いようだ。そんなもの、わたしには、見つけられる気がしない。

「お酒も、堂々と飲めるようになるから」中島さんが言う。

「そうだよね」

「そしたら、話題になってるようなお店とかも入ってみようよ」

「入れるかな」

「徐々にっていう感じで。せっかく東京にいるのだから」

「うん」

ふたりでカフェに行ったりすることはあるけれど、お酒の飲めるお店は、別の心構えが必要になる気がした。

「三軒茶屋の駅の周りだったら、お店もたくさんあるし。バイト先の人に聞いてみるよ。どこか、連れっていってもらえるかもしれないし」

「ちょっと気になるって言ってた人？」

「一緒に行けたら、いいよね」嬉しそうにして、中島さんはペットボトルのお茶を飲む。

「わたしは、信兄ちゃんぐらいだな。バイト先の人にも、ちょっと聞いてみよう」

「信兄ちゃんも、会ってみたいけどね」

「そのうちね」

「バイト先の人で良ければ、誰か紹介しようか？」

「うーん」悩んでしまう。

ネットニュースなんかでは「最近の若者は恋をしない」とか書かれているけれど、やっぱり恋はしたい。

どうしても彼氏が欲しいというわけではなくても、必要ないとは全く思っていない。一緒にどこかに行ったりしたいし、ひとり暮らしのアパートに呼ぶこともできる。お酒を飲みにいったり、夜遅くまでたくさんのことを話したり、遠くへ出かけたり、高校生の時とは違う付き合いができるだろう。大学には、恋人とふたりで授業を受けている学生もいる。

友達とだって、会える機会が減っているのだから、誰かと知り合えるチャンスは逃さない方がいい。

しかし、中島さんに紹介してもらうことに、乗り気になれなかった。

「いいや」わたしも、ペットボトルのお茶を飲む。

「紹介してほしくなったら、いつでも言って」

「うん」

話しながら、わたしは彼のことを思い出していた。

ツタヤで会った夜の後、twilightに行ったけれど、彼とは会えなかった。熊井さんに聞けば、彼がどういう人かわかるかと思ったが、話題に出そうとすると、顔が熱くなった。たまたま会って話しただけと言って、おかしくないはずなのに、別の気持ちがあると思われると感じた。

もてそうな人だし、特に何も考えず、からかうような気持ちで、わたしを誘っただけなのだろう。

また会えたとしても、向こうは忘れている。

そして、人と人が偶然会うなんて、そんなに起こることではない。

twilightでお茶を飲みながら、ツタヤで本を探しながら、三軒茶屋の街を歩きながら、彼に見つけてもらうことを願いつづけるだけ、無駄だ。

会えて、ごはんを食べにいけたとしても、先はない。

揺れたように感じて、周りを見たけれど、店内にいるお客さんもレジにいる河瀬さんも、何も気にしていないようだった。棚に並ぶ商品も落ちたりしていない。

気のせいだろうか。

天井にぶら下げた宣伝物が揺れたりしていないか、見上げてみたけれど、大丈夫そうだった。

棚の整理を終えて、レジに戻る。

「どうかした？」河瀬さんが聞いてくる。

「さっき、揺れませんでした」

「ん？」

「地震があった気がして」

「うーん、どうかな」店内を見回す。「気になるんだったら、確かめてきてもいいよ」

「すみません、ちょっと」

裏の事務室兼休憩室に行き、ロッカーからカバンを出して、スマホで地震情報を確認する。

やはり、地震があったようだ。

震源地は千葉県東方沖で、最大震度は三、東京は震度一。

これくらいの地震であれば、気づかないだけで、一日に何度か起きている。実家の辺りも震度一だったみたいだし、気にするほどのことではない。

それでも、スマホを持つ手が小さく震えてしまう。

深呼吸して、冷蔵庫に入れておいたペットボトルを出し、お茶を飲む。

店内の空調で冷えた身体に、冷たいお茶が流れていく。

スマホをロッカーに置き、レジに戻る。

「すいません」

「いいよ」笑顔で、河瀬さんはわたしを見る。「地震だった？」

「震度一でした」

「そっか」

「宅配便の回収、来ませんね」話を逸らし、店の外を見る。

強い日差しがアスファルトを照らしている。

日傘を差している女性、ハンカチで汗をぬぐうスーツ姿の男性、暑さなんて気にせずに駆け抜ける子供たち、夏を満喫する露出の高い服装の女の子たち、楽しそうに笑いながら話す男性のグループ、たくさんの人が店の前を通り過ぎていく。

今は夏、そうわかっているのに、記憶が冬へと戻っていく。

指先が冷たくなってきて、手をこすり合わせる。

十一年前の三月十一日、東日本大震災が起きた時、わたしはまだ八歳だった。

もうすぐ小学校三年生になるというところで、何もわかっていない子供でしかなかった。

うちの辺りは、地震の被害に遭ったものの、何週間も避難所で暮らしたりするほどではなかった。停電や断水が終わり、家の安全が確認できれば、すぐに帰れた。亡くなった人もいない。まだ春休みには入っていなくて、平日だったけれど、わたしもお姉ちゃんも家にいた。三学期の終わりが近づいていたから、卒業式の練習とかがあり、早めに帰ってこられた日だったのだと思う。揺れが収まった後、お母さんとお姉ちゃんと一緒に、中学校の体育館に避難した。役所に勤めるお父さんがどうしているか気になったが、連絡を取れる状況ではなかった。

避難した先でも、揺れはつづいた。

怖いとは感じたけれど、わたしはそれがどれだけのことなのか、理解できずにいた。とにかく、はぐれてしまわないように、お母さんとお姉ちゃんとくっついていた。夜、お父さんと会えたが、役所の職員として食べるものを配ったりしていたから、ほんの一瞬話せただけだ。揺れているのを感じながら、おにぎりを食べてみそ汁を飲み、星空を見上げた。

それから、ずっと地震が怖いままだったわけではない。

余震とされる揺れは、終わりがなくて、今でも止まっていない。いちいち怖がっていたら、身がもたなくなってしまう。いざという時に何を持って、どこへ避難するのか、家族とどうやって連絡を取るのかを確認しておき、生活していくしかない。

高校を卒業するまでは、それで大丈夫だった。それなのに、東京に出てきてから、また怖くなった。

自分が被害に遭うことよりも、家族のことを考える。

あの時、お姉ちゃんは中学生で、わたしよりも色々なことがわかっていただろう。だから、上京や進学を望まず、福島にいることを選んだのだと思う。

「先に、休憩に行く？」わたしの隣に立ち、河瀬さんが声をかけてくる。

「大丈夫ですよ」

「無理しないでね」

「はい」

河瀬さんの実家は、仙台市内だ。

宮城県の中でも、地域によって被害状況は違い、仙台駅に近い辺りは大きな被害には遭っていない。けれど、何もなかったというわけでは、なかった。当時、河瀬さんは東京に出てきていて、下の娘さんを産んだばかりだったらしい。子供たちを夫や夫の両親に預け、水やお米を持って、毎週のように仙台に通ったということを前に話していた。

「明日、新作スイーツの入荷日ですね」わたしから河瀬さんに言う。

「あっ！　そうだね！」

「ポップ、作りましょうか？」

スイーツやパンの新作が出た時やキャンペーンの時は、店員が手書きのポップを作る。義務ではないので、必ずというわけではない。うちの店では、手のあいた時に気分転換に作る程度だ。

「作ろう！」

「ソーダ味のゼリーだから、爽やかな感じにしたいですよね」レジの下の棚から、ペンや色鉛筆を出す。

「色鉛筆の方が透明感出そうじゃない？」河瀬さんは、メモ用紙に試し書きをする。

「ああっ、いいですね！」

わたしも河瀬さんも、イラストが得意なわけではないから、相談しながら進めていく。

「すいません」

お客さんに呼ばれ、顔を上げる。

そこには、彼が立っていた。

レジを間に挟んで、向かい合う。

「こんにちは」彼が言う。

「こんにちは」わたしが返す。

「試験、終わった？」

「……はい」

「バイト、何時まで？」

「今日は、七時までです」

「……朝？」眉間に皺を寄せる。

「夜です」

「じゃあ、後で、また来る」

それだけ言い、彼は外へ出ていく。

「誰？」河瀬さんが聞いてくる。

「誰なのでしょう？」首をかしげつつも、駅の方へ歩いていく彼の後ろ姿を見ていた。


どうせ戻ってこないだろうと思っていたのに、彼は七時ちょうどに店に来た。

自動ドアから入ってきて、レジにいるわたしのところまで、まっすぐに歩いてくる。

「いらっしゃいませ」店長が言う。

河瀬さんは五時に上がって、わたしと店長がレジに入っていた。店長は三十代後半の男性で、くまのキャラクターのような見た目をしている。何か言いたそうにわたしを見ていることは感じたけれど、無視する。

「まだ？」彼が言う。

「あの、もう上がります」交替するのを待つだけの状態で、上がる準備はできていた。

「表で、待ってる」それだけ言い、彼はまた店の外へ出ていく。

どこかへ行ってしまうのではないかと思ったけれど、店の前に立って、夜空を見上げていた。

「上がりますね」余計なことを聞かれる前に店長に言い、レジを出て、裏の休憩室兼事務室に行く。

パソコンで退勤手続きをして、制服のシャツを脱ぐ。

白いTシャツにバイト用の黒いズボン、黒いスニーカーにスマホと鍵と財布だけが入ったショルダーバッグという格好だ。マスクで隠れるからお化粧もしていないし、六時間働いた後だから髪も崩れている。

一度アパートに帰って、着替えてシャワーを浴びてきたい。

でも、一時間後にとか言ったら、また機会を逃すことになるかもしれない。

こうしている間にも、彼がいなくなってしまう気がした。

ロッカーの横に置いてある姿見で、全身を確認して、髪の毛だけ結び直し、裏口から外へ出る。

店の前に行くと、彼はまだそこにいた。

「お待たせしました」

「お待ちしてました」彼はわたしを見て、なぜか少しだけ笑う。

「どこか、変ですか?」

「いや、別に」まだ笑っている。

「……急だったもので」後ろで結んでいる髪に触る。

やっぱり、彼の前に立つと、自分が小さな子供になったように感じる。

「何、食べたい?」

「えっと」

「なんでもいいは、駄目だから」

「うーん」

話しながら、商店街を抜けていく。

学校や会社帰りの人たち、これから飲みに行く人たち、スーパーやドラッグストアで買い物をする人たち、周りにたくさんの人がいるのに、全てが背景でしかなくなり、何も見えなくなってくる。赤やピンクの看板やイタリアンレストランの前の電飾や人々の持つスマホのライト、いつもと変わらないものたちが世界を輝かせてくれているように感じた。

「とんかつ」

「えっ？」彼は、驚いたような顔をする。

「この先に、とんかつ屋さんがあるんですけど、ひとりだと入りにくいから、入ったことないんです」

中島さんや信兄ちゃんと行こうと思っても、なかなか機会が摑めずにいた。とんかつだったら、食べるだけ食べて、すぐに帰れそうだから、ちょうどいいと感じた。

また会いたいと考えていたし、会えて嬉しい気持ちはあるのに、長い時間は一緒にいたくない。

「んー」

「駄目、ですか？」

「いいけど」

「じゃあ、そこで」

まっすぐに行き、とんかつ屋さんに入る。

オープンしてから、それほど経っていないのか、キレイなお店だ。薄いブルーの壁にシンプルなデザインのテーブルと椅子が並び、カフェのような内装になっている。

　ランチタイムは混んでいることもあるけれど、夜は持ち帰りや宅配のお客さんが多いみたいで、すいていた。

　奥のテーブル席に、向かい合って座る。

「何、食べる?」テーブルにメニューを開き、彼が聞いてくる。

「どうしましょう?」

「お酒は?」

「いや、うーん、ちょっと」

「飲めないの?　まだ十九歳?」

「二十歳になってますが、飲んだことないので」

「そうか」つまらなそうに言い、メニューを見る。

「ロースかつ定食にします」

「オレ、ヒレカツにしよう」

　店員さんを呼び、注文をする。

　最近、カツを食べた気がすると思い、試験の最終日に学食でカツカレーを食べたことを思い出した。

「あの、なぜ、わたしとごはんを食べるのでしょう？」

「何？　なぞなぞ？」

「違います」首を横に振る。

「だって、ツタヤで会った時に、約束したから」

「ツタヤで、なぜ声をかけてきたのでしょう？」

「なんで、そんなクイズみたいな質問の仕方すんの？」彼は、笑いながら、わたしを見る。

「うーん」

「いいよ、もっと聞いて」

「あっ、お名前は？」

「あさかわけい、朝の川に彗星《すいせい》の彗」

「朝川彗《あさかわけい》さん」朝なのか夜なのか、わからない名前だ。

「お名前は？」

「森谷未明です。森の谷に未だ明るくならず」説明しながら、テーブルに指で書く。

「小川《おがわ》未明《みめい》の未明？」

「あっ、そうです」

珍しい名前と思われることが多いけれど、児童文学作家の小川未明を知っている人だと、すぐにわかってもらえる。ただ、小川未明は本名ではない。

「家族も、文学好き？」

「も？」

「森谷さんは、文学好きじゃないの？　本が好きだから、twilightにいるのかと思った」

「好きは好きですけど、周りに自分よりも、本が好きな人がいるから、それほどでもないと感じます」

「ご両親？」

「いえいえ」

両親は、文学が好きで、わたしに「未明」と名付けたわけではない。単純に、夜中に産まれたからだ。これから空が明るくなっていく時間、未だ明るくならずではなくて、「未来は明るい」という願いをこめてくれた。

「恋人？」

「いとこです」

「ふうん」

「一回り上のいとこが森谷信一《もりやしんいち》っていう小説家なんです」

「ああっ！」朝川さんは、驚いた顔で声を上げる。

「知ってます？」

「もちろん」大きくうなずく。

デビュー作は売れたものの、信兄ちゃんは誰もが知る有名作家というほどでもないだろう。だが、朝川さんも twilight によく来るくらい、本が好きなのだと思う。

「子供のころから、本ばかり読んでいるいとこを見ていたので、自分はどれだけ読んでも、足りない気がします」

「そういうものか」

「それで、わたしたちは、なぜ一緒にごはんを食べるのでしょう？」

「だから、それは、ツタヤで約束したから」

「ツタヤで、なぜ約束したのでしょう？」

「だって、誰か、ごはん食べる友達欲しかったから」駄々をこねる子供みたいな口調で言う。

「そうですか」

誤魔化されている気もしたけれど、納得できるとも感じた。

ごはん食べる友達が欲しいとは、わたしも思っていた。

「一軒目は森谷さんが決めたから、二軒目はオレが決める」

「……二軒目？」

店員さんが両手にトレーを持ってきたので、話すのをやめる。

わたしの前にロースかつ定食が置かれ、朝川さんの前にヒレカツ定食が置かれる。

ごはんとキャベツはおかわり自由であることを言い、店員さんは席から離れる。

マスクを外して、朝川さんの顔を見ることも、自分の顔が見られることも恥ずかしく感じた。


高速道路の下を走る国道の二四六号線と世田谷通りは、三軒茶屋の駅前で合流する。その合流する辺りは「三角地帯」と呼ばれ、古くからある建物がひしめき合い、小さな飲食店が並んでいる。

危ないことが起きることなんてないのだろうけれど、酔っ払いが騒いでいたり外で煙草を吸っている人がいたりするので、信兄ちゃんから「ひとりで、近づいてはいけない」と言われた。言いつけを守ったわけでもないが、細い道が迷路みたいに入り組んでいてわかりにくいし、建物が密集しているせいか昼間でも薄暗いし、特に用もないため、通ったことはなかった。

朝川さんは慣れた感じで、店の間をすり抜け、煙草を吸う男の人たちを避け、先に進んでいく。

置いていかれないように、後を追う。

閉まっているお店もあるが、開いているお店からは笑い声と照明の光が漏れてきている。換気のためなのか、ドアが開いたままになっているお店もあった。

子供のころ、こういうところに迷いこんだことがあった。

夏祭りの帰り、家族とはぐれてしまい、わたしはひとりだった。

誰に助けてもらったのかは、思い出せない。

夜と光が混ざり合い、夢を見ているような気分になってくる。

とんかつを食べたら帰るつもりだったのだけれど、「少しだけ」と言われて、断れなかった。

わたしが一方的に大学のことや信兄ちゃんのことを話しただけで、彼のことはまだ名前しか知らない。

「ここ」店の前で、朝川さんは立ち止まる。

ドアの横の看板には『デルタ』と、書いてある。

朝川さんは先に入っていき、わたしはくっついていく。

カウンターしかない狭いお店だ。

お客さんは会社帰りっぽい男性のふたり連れがいるだけだ。ひとりでやっているのか、カウンターの中には年齢のわからない感じの緑色の髪をした女性しかいない。

アルコール消毒をして、女性に体温を測ってもらい、カウンター席に朝川さんと並んで座る。

店自体が狭いため、「密」とか言っていられない感じなので、とても近い。

「マスク外していい?」朝川さんは、女性に聞く。

「どうぞ」

「いいって」マスクを外しながら、わたしの方を向く。

いわゆる「マスク詐欺」みたいなことだったら、どうしようかと思ったのだが、朝川さんはマスクを外しても、バランスのいいキレイな顔をしている。

熊井さんという共通の知り合いがいなかったら、デート商法とかで騙《だま》されることを疑ってしまう。だが、それはそれで偏見だ。

マスクを外して、ショルダーバッグに入れておく。

「何、飲む？」

「えっと、何か、ジュースを」

「未成年？」カウンターの向こうで、女性が眉をしかめる。

「ミドリさん、怖い」笑いながら、朝川さんが言う。

「ミドリさん？」

「緑の髪だから、ミドリさん。前は、カラコン入れて、目も緑だった」

「へえ」

「あなたは？」ミドリさんがわたしに聞いてくる。

「未明ちゃん」先に朝川さんが答える。「小川未明の未明。夜明け前の未明」

「それで、未明ちゃんは、ジュースでいいのね」

「軽いカクテル、作ってもらう？」朝川さんは、わたしを見る。

「うーん」

せっかくだし、お酒を飲んでみたいという気持ちはある。信兄ちゃんにどこかに連れていってもらうよりも、ずっと記念になるだろう。

「彗くんが悪いことしないように、私が見ておくから、大丈夫よ」ミドリさんが言う。

「オレ、悪いことなんてしたことないけど」

ふたりのやり取りに、奥に座っている男性が笑う。この店の常連なのだろう。

「飲みます」わたしが言う。

「じゃあ、未明の名前に合わせたカクテルにしてあげる」

「はい、お願いします」

「オレ、ハイボールね」朝川さんも注文する。

カウンターの中で、ミドリさんが動くのを見ながら、出来上がるのを待つ。

先にウィスキーとソーダとレモンで、朝川さんのハイボールを用意する。

次に、わたしのカクテルは、何本かの瓶から少しずつ液体を混ぜ合わせていく。手元に淡い光が当たり、魔法を使っているように見えた。

細長いグラスに、濃い紫色のカクテルができあがる。

「少しずつ飲んで、駄目そうだったら、すぐに言って」ミドリさんは、わたしの前にグラスを置く。

「はい」炭酸の泡がはじけると、星が煌《きら》めくみたいに見えた。

「じゃあ、乾杯」

朝川さんに言われ、軽くグラスを合わせる。

見られているのを感じながら、少しずつ飲む。

初めてのお酒は、少し懐かしいような、甘い香りがした。

静寂の後、舞台上の男性が立ち上がると、劇場に拍手の音が響き渡る。

客席の照明が明るくなり、他の出演者も出てきて、拍手の音はさらに大きくなっていく。舞台袖に捌《は》けて戻ってくる、繰り返す間、観客はずっと拍手をつづける。

いつまでつづくのだろうと思ったが、主演の男性が両手を振りながら舞台袖に捌けると、それが合図みたいになり、終わった。

二時間以上、目の前で演じられる出来事の影のようにして、息を潜めていた観客は一気に現実に戻る。感想を言い合ったりしながら、コートを着て荷物を持ち、帰りの支度をする。

「すごかったね」中島さんが言う。

「……うん」

客席から出て、出口のあるロビーへと階段を下りていく。

頭がぼうっとして、足元がふらつく。

「大丈夫？」

「こういうの、初めて観たから」周りの人に気を付けつつ、開演前に買ったパンフレットをめくる。

信兄ちゃんがチケットを取ってくれて、世田谷パブリックシアターに演劇を観にきた。主演は、テレビドラマでもよく見る人気の俳優だ。他にも、見たことのある人たちが出演していた。演技の上手い下手なんてわからないけれど、生で観る芝居に、ただただ圧倒された。

夏の長崎、坂の上にある家では、断水がつづいている。

今は秋だし、劇場の中は少し寒いくらいだったし、劇場に来る前にお茶を飲んだ。それなのに、暑さが伝わってきて、なんだかとても喉が渇いた。

主人公の男性とその姪が久しぶりに降った雨をバケツや洗面器に溜めて、そのまま飲むシーンでは、自分の身体にも雨水が染み渡っていくように感じた。

「わたしも、いつも見てるアイドルのコンサートやショーとは違ったから、なんだかドキドキした」

「うん、なんだかドキドキした」

劇場を出て、エスカレーターには長い列ができていたから、外の階段を下りていくことにする。

ガラス張りのドアを開けると、冷たく乾いた風に包まれる。

足元が暗いので、気を付けながら、一階まで下りる。

「ごはん、どうする？」パンフレットをリュックにしまい、中島さんに聞く。

「どうしようか？」

「駅の周りで、どこか行く？」

感染者が少なくなったわけではない。

劇場では、感染対策のために入口で手のアルコール消毒をして、体温も測った。必ずマスクをして、開演前でも大きな声で喋らないようにと注意が促された。

まだまだ気を付けなくてはいけないとわかっているが、街はそういう空気ではない。

九時を過ぎても、たくさんの人が外に出ているし、居酒屋は普通に開いているし、マスクをしないで歩いている人もいる。

「お酒、飲む？」中島さんが聞いてくる。

「どうしよう」

「この後、何かある？」

「ないよ」首を横に振る。

こんな時間から、予定なんてあるはずがなくて、アパートに帰るだけだ。

明日は、大学の文化祭に行くから、お酒は飲まない方がいい気がした。

夏に、初めてお酒を飲んで、その後も何度か飲んでいるけれど、あまり得意ではない。気持ち悪くなったり、酔っぱらって性格が変わったりすることはないが、なんとなく怠くなる。船に乗った時みたいに、揺れているような感覚がつづく。まだ身体が慣れていないのだろう。アルコール度数の低いジュースみたいなカクテルはおいしくても、ビールやウィスキーは苦いとしか感じられなかった。

「中島さん、予定あるの？」

「彼氏の部屋に行く」

「あっ、そうなんだ」

中島さんは、コーヒーショップで一緒にバイトしている人と八月の終わりから、付き合っている。ちょっと気になると話していた人とは、違う人らしい。

「でも、ごはん食べてからでいいよ」

「サクッと食べられるものの方がいいよね」

「じゃあ、ハンバーガーにしておこうか」

「そうだね」

劇場の入っているキャロットタワーから出てすぐのところにあるフレッシュネスバーガーに入る。

レジカウンターで注文して、窓側のテーブル席に向かい合って座る。

「文化祭、彼氏と来るの？」

「ううん」スマホを見ながら、中島さんは首を横に振る。「向こうは、明日もバイトだから」

「そうなんだ」

「一緒に回ろうね」

「うん」

最初に会った時、自分と中島さんは近い存在のように感じた。

でも、中島さんはアイドルのコンサートを観にいったり、同じアイドルのファンの友達とSNSで積極的にやり取りしたり、一緒にごはんを食べにいったりしている。アイドルに夢中になるばかりではなくて、彼氏とも仲が良くて、お互いの部屋に泊まり合っているようだ。

わたしだけが何も変わらず、何もできないままでいるように思えてしまう。


十一月に入ったら、もっと寒くなるのだろうと思っていたのだが、そうでもない。

昼間、陽当たりのいいところにいると、暑く感じるような日もある。

コートを着ても荷物になるばかりで、パーカー一枚で充分だ。

三年ぶりに大学の文化祭が開催されることになった。

校舎と校舎の間の通りに飲食の出店が並び、教室では文化系の部活やサークルが展示をして、講堂と野外ステージではダンス部や軽音部のパフォーマンスの他にファッションショーが開催され、グラウンドと体育館ではバスケ部や野球部が試合をしている。ステージの様子は、ライブ配信されていて、リモートで参加することもできる。

出入り自由で、学生や大学関係者以外も入れるので、近所に住む人や別の大学の学生も来ているようだ。

高校の文化祭に比べると、規模も大きくて、展示も凝っている。

盛況という感じだけれど、これが本来の盛り上がりなのかどうなのか、よくわからない。

この二年半くらいの間で、世の中の考え方も変わったし、前と同じというわけではないのだろう。

ただ、充分に楽しいと感じる。

中島さんとふたりで飲食の出店を見ていく。

同じ学部で、サークルに入っているような子たちが売り子をしていた。

今年の春、対面授業のために大学に通うことになったころは、誰とも話せず、このままずっとひとりかもしれないと考えていた。だが、中島さんと話すようになり、他の子とも自然と話すようになって、友達は増えていった。中学生や高校生のころみたいに、グループでいつも一緒にいるということではないけれど、みんなといい距離感で付き合えている。

「サークル、入れば良かった」

わたしが言うと、中島さんは大きくうなずく。

一年生の時に入れなかった人が多かったのだから、二年生で入ってもおかしくはないのに、躊躇《ためら》っているうちにタイミングを逃した。

「どういう系のサークルがいい？」

「旅行とかかな」

「旅行、好きなの？」

「ううん」わたしは、首を横に振る。「逆っていう感じ。どこも行ったことないから。修学旅行で、高校の時に東京に来て、中学で京都と大阪に行ったぐらい」

「わたしも、同じようなもんだな」

「アイドルのコンサートで、遠征とかあるでしょ？」

「そんなに何回も行ったことないし、それも東京や横浜が多いから、行ったことある場所は限られてるよ」

「大学生になったら、友達と海外旅行に行ったりするのかなって思ったこともあったけど、そういう感じじゃなくなっちゃったし」

「そうだね。バイトして、お金貯めて、もっと遠くへ行けると思ってた」

海外に行くための条件が厳しくなり、旅行で行くことなんて何年も無理なのだろうと思っていた時期もあった。しかし、最近は、入国制限が緩和されて、海外旅行に行く人が増えている。海外からの旅行者も、夏の終わりごろから急激に増えたようで、渋谷に買い物に行った時には、コーヒーショップが外国みたいになっていた。

ただ、円安ということもあり、学生が気軽に行けるようには感じられない。

バイト代は、毎月少しずつ貯めていっている。

学生生活、あと二年半ぐらいのうちに、どこかへ行こう。

去年は、永遠にこのままではないかと感じていたけれど、そんなことはなかったのだから、未来がどうなるかなんて、誰にもわからない。

「それで、何を食べる？」並ぶ出店の端っこまで来てしまった。

「どうしようか？」中島さんは、後ろを振り返る。

通りはポプラ並木になっていて、黄色くなった葉が風に舞う。

季節は、ゆっくりと変わってきている。

実家の辺りは、もう寒いだろう。

最近は、お姉ちゃんやお母さんと電話やＬＩＮＥをする機会も減っている。去年は毎日のように、家族や地元の友達と連絡を取り合っていた。

「向こうに座って、ちょっと考えよう」芝生の広場に並ぶベンチを指さし、中島さんは先にいく。

ついていき、並んで座る。

正門でもらったパンフレットを見ながら、何を食べるのか、その後で何を見るのか、相談する。

できるだけ、友達の関わっているところで買い、展示も見てまわりたかった。

「何か、変わったものが食べたいよね」中島さんは、話しながらペットボトルを開けて、お茶を飲む。

「うん、ここでしか食べられないようなものがいい」

「ビリヤニ、売ってたよね」

「何？　ビリヤニって？」

「インド料理じゃないかな。見た目は炒飯みたいな感じ」

「カレー味？」

「カレーなのか、わかんないけど、スパイスとか入ってるんだと思う」

「じゃあ、ビリヤニ買おう」

よくわからないけれど、他で食べる機会はなかなかなさそうだから、食べてみたかった。

「韓国風チキンは、行こう」同じ学部の友達が売り子として立っていた。

「あとは、何がいい？」

「そうだね」

「とりあえず、それ食べて、後で甘いものを買おうよ」

「そうしよう」

立ち上がろうとしたら、強い風が吹いた。

落ち葉が舞い上がり、どこかで何かが割れたような音が聞こえて、誰かが叫び声を上げる。

「大丈夫かな？」中島さんは、そう言いながら立ち上がり、スカートの裾《すそ》を叩く。

彼氏ができてから、中島さんはスカートを穿くことが多くなった気がする。今日は膝上丈のグレーのスカートで、黒いタイツを合わせている。昨日と違う服だから、一度アパートに帰ったのだろう。それとも、自分の服を彼氏の部屋に置いているのだろうか。

「どうかな？」わたしも立ち上がり、ジーンズのお尻の辺りを軽く叩き、パーカーの裾を伸ばす。

出店の並ぶ方を見てみるが、特に大きなものが倒れたりしたわけではないみたいで、騒ぎはすぐに収まった。

「大丈夫そうだね」

「うん」

話しながら様子を見ていると、たくさんの人がいる中に、知っている顔を見つけた。朝川さんだった。

彼も、わたしに気がつき、手を振ってくる。

とんかつを食べて、三角地帯のデルタでお酒を飲んでから、朝川さんとは何度か会っている。けれど、数えるほどでしかない。約束して会うわけではなくて、朝川さんがわたしのバイト先のコンビニに急に来て、都合が合えば、ごはんを食べにいくというだけだ。連絡先は、未だに知らない。

「未明ちゃん、いた」朝川さんは、わたしの前に立つ。

「何してるんですか?」

「散歩してたら、文化祭やってたから。未明ちゃんの通う大学だと思って」

「はあ」予想もしていなかったことに驚いて、どうしたらいいのかわからなくなり、溜息みたいな返事をしてしまう。

　バイトの時は会える可能性を考え、最近はキレイにすることを心掛けていた。今日は、文化祭の後はアパートに帰るだけだから、完全に気を抜いていた。

「誰？」中島さんが小声で聞いてくる。

「朝川さん。あの、ほら、たまにごはん食べる人がいるって、話したじゃん」

　中島さんには、朝川さんとのことをほぼ全て報告している。友達ではないし、恋人ではないし、知り合いでもないように感じる謎の関係を、自分の胸の内だけに秘めておくことができなかった。

「ああ、この人が」うなずきながら、中島さんは朝川さんの顔を見上げる。

「お友達？」朝川さんが聞いてくる。

「大学のお友達の中島さんです」

「中島さん？　お友達を苗字で呼ぶんだ」

「ああ、そうですね」

　呼び方を変えるタイミングがわからなくて、わたしも中島さんも、お互いを苗字で呼び合っているままだ。中学生や高校生のころと違い、あだ名で呼び合うのも、違うように感じた。

ただ、今は、そんな話をしている場合ではないというか、どうでもいいことだろう。

「お友達と一緒だったら、オレとはいられないか」

「……そうですね」

「じゃあ、また」わたしと中島さんを交互に見て、朝川さんは手を振る。

「また」

「夕方、twilight にいるかも」

「あっ、はい」

「またね」大きく手を振りながら、来た道を戻っていく。

遠くなっていく背中に向かって、手を振る。

「いいの？」中島さんが聞いてくる。

「うーん」

何度会っても、わたしは自分が朝川さんと一緒にいたいのか、いたくないのか、よくわからないのだ。

出店で昼ごはんを食べて、大学内を一周して、友達の出る英語暗唱コンテストを見て、アパートに帰ってきた。

目元だけ軽くお化粧をして、前髪をセットし直して、ジーンズを青系のチェック柄のひざ下丈スカートに穿き替える。スカートを穿いたぐらいで、好きになってもらえるわけではないとわかっているが、自分自身の気持ちというか、気合いの問題だ。いつものリュックやナイロン製のショルダーバッグはやめて、黒いレザーのハンドバッグにする。スニーカーではなくて、ヒールが少し高い黒のショートブーツを履き、部屋を出る。

夕方とは、何時のことなのだろう。

陽が沈む時間が早くなってきていて、四時を過ぎた街は、少しずつ暗くなっていく。走って、twilightまで行きたくなる気持ちを抑える。

一緒にいると緊張するし、何を考えているかわからなくて不安になるし、嫌われたくないと必死になる自分をみっともなく感じることもある。

それでも、わたしは朝川さんと会いたいのだ。

二四六と世田谷通りの信号を渡り、駅からの通りをまっすぐに進む。

本棚の置いてあるビルの前に来て、三階まで階段を上がり、呼吸を整えてからドアを開ける。

「いらっしゃいませ」

「こんにちは」カウンターにいる熊井さんにあいさつをして、店の奥を見る。

棚に並ぶ本を見ている女性のふたり連れがいて、窓側の席でお茶を飲みながら本を読んでいる男性がひとりいた。

その男性は、カップを置いて本を閉じ、わたしの方を見る。

目が合ったと感じた瞬間、叫び声を上げそうになった。

信兄ちゃんだ。

「あれ？　何してんの？」信兄ちゃんは立ち上がり、わたしの方に来る。

もう夜になるのに、寝起きみたいな顔をして、のんびりした声をしている。

「いや、あの、えっと」

「今日、文化祭じゃなかった？」

「終わった」

「そうなんだ。買い物？」

「ああ、うん」

「こっちの方、来るんだ？」

「えっと、たまに」

「へえ」

気まずい。

子供のころから、よく知っている相手なのに、気まずい。よく知っている相手だからこそ、最高に気まずい。何も用がなかったフリをして、出ていきたいけれど、それは勘繰られるだろう。

信兄ちゃんが帰るまで、朝川さんが来ないことを願うしかない。

「森谷さんと森谷さんは、知り合いなんですか？」熊井さんが聞いてくる。

「いとこなんです」信兄ちゃんが答える。

「苗字が同じだとは、思っていたんですよ」

「未明ちゃんも、よく来るの？」特に驚きもせず、信兄ちゃんはさっきまで寝ていたみたいな声で、聞いてくる。

「……たまに」

今まで、会わなかったというだけで、信兄ちゃんもtwilightに何度か来ているのだろう。家にこもって、小説を書いたり壁紙を貼り直したりしているだけのように思っていた。

カウンターの前で、ずっと話していると邪魔になるので、ホットのカフェオレを頼んでから、信兄ちゃんのいた席の方へ行き、向かい合って座る。

「隣にコーヒーのお店があるんだよ」信兄ちゃんは話しながら、テーブルの上に置いていた本をリュックにしまう。

「ああ、あるね」

隣のビルの一階にコーヒーの専門店があり、豆を量り売りしている。

「うちのコーヒー、そこで買ってる」

「へえ、そうなんだ」

「なんか、隠してる？」

「えっ？」

「さっきから、そわそわしてるから。未明ちゃんは、家族に言えないことがあると、わかりやすくそわそわし出す。叔父さんも叔母さんもお姉ちゃんも、そう言っていた」

「もう二十歳ですから、いとこに言えないことなんて、たくさんありますよ」

姿勢をまっすぐにして、座り直す。

「そうか」小さな声で言い、信兄ちゃんは冷めているであろうコーヒーを飲む。「オレは、別にいいのだけど、家族に言えないような人とは、付き合うなよ」

「わかってるよ」

朝川さんは、家族に言える相手だろうか。

わたしは、彼の連絡先どころか、年齢や職業だって、知らないのだ。デルタでミドリさんや他のお客さんと話していた内容から、二十代半ばであることとフリーで仕事をしていることは、なんとなくわかったのだけれど、細かいことは聞けずにいる。

今のところ、家族に言う必要もない相手でしかないのだから、考えなくていいことだ。

熊井さんがカフェオレを持ってきてくれたので、ひと口飲む。

窓の外は、もう暗くなっている。

ちゃんと約束したわけではないし、朝川さんは来ないのかもしれない。

しかし、そう思っていたら、ドアが開いた。

朝川さんが入ってきて、熊井さんと少し話した後、わたしに気が付いてくれる。

手を振りながら、わたしと信兄ちゃんが座っている席の方に来る。

「えっ？」信兄ちゃんが朝川さんを見上げる。

「こんばんは」朝川さんは、信兄ちゃんに言う。

「末明ちゃんがそわそわしていた原因って、彗くん？」朝川さんを指さし、信兄ちゃんはわたしを見る。

「知り合いなの？」

「知ってるよ、全然知ってる」やっと目が覚めたように、早口になる。

「えー」

三軒茶屋は、たくさんの人が行き交っているけれど、意外と狭いのかもしれない。

「駄目だよ！　絶対に駄目だからな！」

「さっきは、別にいいって言ってたじゃん」

「同じ大学の堅実な男の子とか、いくらでもいるだろ？」

「信兄ちゃんに、そういう話されるの、気持ち悪いんだけど」

「話を誤魔化すな」

わたしと信兄ちゃんが言い合っているのを見て、朝川さんは笑い声を上げる。

三角地帯の中には、煙突が立っている。

トタン板と草木に囲まれて、どうなっているのかよくわからないが、銭湯があるようだ。周りを歩いてみても、入口らしきものは見つけられないし、もう営業していないのだろう。

狭い路地を通り、ひとりでデルタに行く。

何度か来て、危ない目に遭うことなんてないとわかっている。ここで飲んでいる人たちは、遊び慣れた大人が多くて、女の子に声をかけたりしない。それでも、少し怖く感じてしまうのは、雰囲気の問題だろう。暗く冷たい水が底を通っているように感じる。

なぜか、朝川さんと信兄ちゃんのふたりで、ごはんを食べにいってしまった。

朝川さんは、信兄ちゃんと同業者の小説家らしい。

本名ではなくてペンネームで書いているし、顔を出すこともないため、気づけなかった。

ふたりは、何年も前から知り合いで、仲がいいようだ。

信兄ちゃんには、朝川さんのことを話していなかった。でも、朝川さんには、初めてふたりでごはんを食べた時に、森谷信一のいとこだと話した。知り合いならば、言ってくれればよかったのに。怒りたい気持ちになったけれど、自分にはそんな資格はないように感じた。

「こんばんは」デルタの前まで来て、店の中をのぞく。

まだ時間が少し早いからか、お客さんは他にいなくて、ミドリさんはカウンターの中でひとりで飲んでいた。

「あら、いらっしゃい」

「いいですか？」アルコール消毒をして、体温を測ってもらう。

「どうぞ。今日は、ひとりなの？　彗くんは？」

「ああ、なんか、さっきまで一緒だったんですけど、別の人とごはんに行くみたいで」

話しながら、カウンターの端の席に座る。

「女？」ミドリさんは、眉をしかめる。

「男の人です。仕事関係者みたいです」

「そう」

「朝川さん、わたし以外の女の人とここに来ることもあるんですか？」

わたしが聞くと、ミドリさんは笑いを堪えているような表情をして、少し黙る。

「個人情報だから」

「そうですね」

「どうする？　何、飲む？」

「うーん」

いつも朝川さんに決めてもらっている。

酔っぱらわないようにアルコール度数の低いもの、お酒の苦さのないもの、ジュースみたいでも飲みすぎないようにして間に必ず水を飲む。デルタのお客さんとして、合っていないだろう。他のお客さんは、ウィスキーやワインを飲んでいる人が多い。

「保護者がいないから、いつもと違うもの飲んでみる？」

「どうしようかな？」

「ハイボールにする？　いつも彗くんが飲んでるやつ」

「あっ、はい、それで」

「ウィスキー少なめで、レモン多めにして、飲みやすくしておくから」

話しながら、ミドリさんはハイボールを作っていく。

「そこの煙突って、銭湯ですよね？」外を指さす。

「そうよ、どうぞ」わたしの前に、グラスとナッツの入った小皿を置く。

「いただきます」マスクを外し、ひと口飲む。

レモン味の炭酸水みたいで、お酒の味は微かにしかしない。夕ごはんをまだ食べていないから、空腹のまま飲んで大丈夫か不安があったのだけれど、これならば問題ないだろう。

「もう営業してないんですか？」

「臨時休業中」ミドリさんは、自分のグラスにウィスキーを足す。

「じゃあ、普段は営業してるんですか？」

「もう一年以上、臨時休業中だけどね」

「えっ？」

「去年の夏が終わるころまでは、営業してたんじゃないかな。今後は、どうするつもりなのか、それぞれで事情があるから」

去年だったら、わたしは三軒茶屋に暮らしていた。

三角地帯には近寄らないようにしていたから、煙突が立っていることにも気づかなかった。

銭湯に入ってみたかった。

実家にいたころは、温泉や健康ランドには行ったことがあるけれど、それとは少し違うだろう。

でも、臨時休業中ならば、いつかまた営業を再開するかもしれない。

「あの場所だと、取り壊しも難しいんじゃないかな」ミドリさんが言う。

小さな建物に囲まれた真ん中にあり、周りの路地も狭い。解体するための機材を入れるのも大変だろう。

「前は、映画館もあったんですか？」

世田谷通り沿いにペットショップがあり、そこの角から入った先のスーパーの壁に『三軒茶屋シネマ』という看板が残っている。

「映画館、前はふたつあったの。三軒茶屋シネマの奥にカラオケボックスがあるでしょ？　花屋の向かい」

「はい」

カラオケだったかは意識していなかったが、角に装飾の派手な建物があることは憶えていた。

「三軒茶屋中央劇場っていう雰囲気のいい映画館があったんだけど、そこは閉館になった後に取り壊されちゃった。あそこだったら、まだ通りが広くて、工事が入れるから。その後、今のカラオケボックスになった。三軒茶屋シネマの方は、下のスーパーもあるし、上のバッティングセンターもあったから、そのまま」

「バッティングセンター？」

「屋上にあるんだけど、そこも休業中」

「へえ」

「映画館って言っても、古い二番館だったから、お客さんも少なかったし」

「……二番館？」

「知らないか」ミドリさんは、少し驚いたような顔をする。「子供のころから、シネコンがあったんだもんね」

「そうですね」

世の中には、シネコン以外の映画館もあることは知っているが、行ったことがない。そのシネコンでさえも、実家から近いわけではなかったから、人生で数えるほどしか行ったことがなかった。

電車で五分くらいで渋谷に出られて、世界中のたくさんの映画を観られる場所に住んでいるのに、今のところはシネコンで漫画原作の邦画やハリウッド超大作を観ただけだ。

「二番館っていうのは、公開が終わってしばらく経った映画を上映しているような映画館」

「それは、配信でいいじゃないですか」

「そういう配信とかレンタルとかなかったころは、二番館ってたくさんあったの」

「そうなんですね」

「今は、なんでも家で観られるし、お風呂だってあるから。昔からあるものは、ドンドン失われていってしまう。そのうち、この一角ごと、なくなっちゃうかも」

「えっ？」

「実際、再開発の話も出てるから」

「えー、それは、ちょっと良くない気がします」

わたしは、いつまでも東京にいるわけではないかもしれない。大学を卒業して、三軒茶屋から出たら、もう戻ってこないだろう。それでも、デルタは、ずっとここにあってほしい。

けれど、三角地帯には閉まったままのお店が銭湯以外にもあるみたいだし、古い建物が並んでいる。

いつまでも、このまま残すというわけにはいかない。

どこか一部を取り壊すということも難しくて、なくなる時には全てが新しくされてしまうのだろう。

「反対派も多いから、まだ決定はしてないけど」ウィスキーを飲み、小さく溜息をつく。

「未明ちゃんが三十歳や四十歳になったころには、若い時に謎のイケメンに連れていってもらったっていう思い出の中だけの場所になってるかも」

「謎のイケメン」思わず、笑ってしまう。

「いい思い出にしなさいね」ミドリさんは、わたしの目を見る。

「……はい」

「決めるのは、自分だから」

「はい」笑わず、目を見つめ返す。

世田谷線に乗って、三軒茶屋から若林まで行く。

この辺りは住宅街だから、自然を感じられるようなものは、あまりない。それでも、季節に合わせて、景色はゆっくりと変わっていく。山の色や田んぼの稲や雪の近づく香りではなくて、人々が季節を連れてくる。服装の色や素材が変わっていき、街が彩られる。この前までは、ハロウィンの飾りが溢れていたのに、今はクリスマスに向かっている。

十一月も半ばを過ぎ、やっと寒くなってきた。

それでも、まだ厚手のコートを着るほどではないから、ニットのロングカーディガンをパーカーの上に羽織っている。

空気は乾燥していて、空はどこまでも青い。

電車を降りて、信兄ちゃんの家に行く。

チャイムを鳴らすと、待ち構えていたかのように、信兄ちゃんは出てきた。

「お邪魔します」

「バイトは？」

「夕方から」

洗面所で手を洗ってうがいをしてから、リビングに行く。

感染症対策というよりも、日常的な風邪予防だ。

最近は、マスクを外して歩く人も増えてきたように感じる。人と離れ、ひとりでいる分には問題ない。わたしも、状況を考え、大丈夫そうな時には外している。鼻や口を出して、自転車に乗るのは快適だった。

信兄ちゃんもマスクをしていないから、うがいをした後は外したままにしておく。

「コーヒーでいいか？」台所にいる信兄ちゃんが聞いてくる。

「うん」わたしは手伝わず、リビングでこたつに入る。

アパートと同様に、この家にもイギリスやアメリカのヴィンテージの家具が揃っている。こたつは合わないと思ったが、どうしても置きたかったらしい。

「どうぞ」信兄ちゃんは、コーヒーを淹れたマグカップを置き、こたつに入る。

「ありがとう」

「年末年始、実家に帰るのか？」

「うーん、迷ってる」

旅行支援も始まっているし、里帰りを控えなくてはいけないという雰囲気ではない。

上京してきてすぐのゴールデンウィーク以降、夏休みもお正月も諦めてきたから、帰りたいという気持ちはある。新幹線代はバイト代から出せる。コンビニは年末年始も二十四時間営業するのだけど、休んでもいいと店長から言われている。他が休みになる時期に集中して稼ぎたい人もいるから、シフトはどうにか埋まるらしい。

「信兄ちゃんは、どうするの？」

「未明ちゃんが帰るんだったら、帰ろうかな」

「合わせなくていいよ」

去年は、ここで信兄ちゃんとふたりで年を越した。

親戚が集まったりもしなかったから、それぞれの実家にリモートであいさつをした。

「いや、だって、帰っても、何があるわけでもないから。いとこで集まって遊ぶっていう年でもないし、お年玉あげる子供がいるわけでもないし」

「集まって遊んでいても、参加しないじゃん」

「そうだな」笑いながら、コーヒーを飲む。

「それでも、帰ろうかな」わたしも、コーヒーを飲む。

豆を変えたのか、酸味があるように感じた。

「村八分にされたりしたら、どうしよう。夏に感染したし」

「もう大丈夫でしょ」

「どうかなあ、十年以上前の恐怖再来って感じがするよ」

「一緒にしていいことではないよ」

「わかってるけど、何か言ってくる人はいる」

「それは、いるかもね」

「悪気があるわけではないって、わかってはいるんだけどな」

こたつから出て、信兄ちゃんは台所に行き、棚からプリングルスのサワークリームオニオン味を出してくる。

緑色の缶を開けて、一枚二枚と食べる。

もっとコーヒーに合うおやつはないのかと思ったが、わたしももらう。

そのまま、黙々と食べつづけ、コーヒーを飲む。

「違うもの飲むか?」信兄ちゃんが聞いてくる。

「違うもの食べたい」

「ない」

「じゃあ、いいよ」

震災の時、信兄ちゃんは東京に出てきていて、わたしが今住んでいるところとは違うアパートに暮らし、大学に通っていた。

津波や家屋の倒壊ばかりが被害ではなかった。

放射能に汚染されている。

多分、十年以上経った今でも、そう思っている人はいる。

実際に、今でも立ち入りが禁止されている地域はあるが、当初から福島県全体が危険とされたわけではない。

だが、福島県というだけで、差別をする人はいた。

まだ子供だったわたしでも、自分たちが差別の対象とされていることは、なんとなく感じた。安全に暮らせるとされた街からも、引っ越していった人がいた。

その差別を十代や二十代のはじめて経験したから、お姉ちゃんは福島に残ることを選び、信兄ちゃんは福島に戻らないことを選んだのではないかという気がする。

震災後、信兄ちゃんは何度も福島に帰ってきた。けれど、がれき撤去や支援物資を運ぶボランティアに行ったりする以外は、いつも以上に部屋にこもっていた。親戚の中には、本気なのか冗談なのかわからない感じで「東京にいて、ラッキーだったな」とか言う人もいた。信兄ちゃんは、そういうことに笑って返せる人ではない。そのうち、夏休みとお正月しか帰ってこなくなり、わたし以外とは必要以上に話さなくなった。

お姉ちゃんの友達で、東京や他のところへ出た人もいるから、人それぞれで考え方は違う。

でも、あの時に何を感じ、どう考えたのか、それはこれからの人生にも影響しつづけるのだろう。

「他に、話したいことがあるんじゃないの？」指先が汚れたので、ティッシュで拭く。

今日、わたしは、信兄ちゃんに呼びつけられて、ここまで来た。

朝川さんのことで、説教されるのだろうと思っていた。

「ああ、まあ、いいや」

「いいの？」

「オレが言うことでもないし」

「まあ、そうだね」コーヒーを飲む。

「ちょっと摑めないところがあるけど、悪い奴ではないから」

「ふうん」

信兄ちゃんがそう言うならば、朝川さんは「いい奴」だと考えていいのだろう。けれど、わたしが朝川さんをどう思うかは、誰かに何か言われたからとかで、決めることではない。

わたしと朝川さんの間、そこにしか答えはない。


バイトをしていたら朝川さんが来て「十時まで」と伝えると、帰っていった。十時だと、ごはんを食べるには遅いし、今日はもう来ないだろうと思っていたのに、帰るころにまた来た。

退勤して、裏口から外に出る。

夏と冬で何が違うのか、夜が暗くなったように感じる。

月は出ていなくて、微かに星が見えた。

いつも通りに朝川さんは店の前で待っていてくれると思ったのだが、いなくなっていた。帰ってしまったのだと考え、周りを探したら、店の中で店長と話していた。

「朝川さん」自動ドアを開けて、店に入る。

「外、寒かったから」

「行きましょう」

「うん」

「お疲れさまです」店長と深夜番の人たちに言い、外へ出る。

ごはんを食べにいくならば、近くでお店を探すか、駅の方へ行かなければいけない。ただ、もう閉まっているお店の方が多い。デルタだったら開いているけれど、ごはんは食べられない。

どうするのか聞きたかったが、まずは店から少し離れる。

「どうします？」歩きながら聞く。

「お腹すいてる？」

「少し」休憩の時に、パンを食べただけだ。

帰ってから食べようと思い、鶏肉のトマト煮込みを用意してきた。お弁当箱に入れて持ってこようと思ったのだけど、今日は夕方からで勤務時間も短かったから、休憩も短かった。アパートでテレビを見つつ、ゆっくり食べるつもりだった。

「ごはん、食べられる方がいいか」

「あの、うちに来ませんか？」

鶏肉のトマト煮込みは冷凍しておけるから、多めに作った。ごはんも冷凍庫にあるし、朝川さんの分も用意できる。

けれど、そんなことは言い訳でしかない。

自分と朝川さんの関係をはっきりさせたかった。

結論を出すことは怖い。

でも、ずっとこのまま曖昧な関係はつづけたくない。

「ん?」朝川さんは首をかしげて、のぞきこむようにわたしを見る。

「うち、すぐそこなんで」アパートの方を指さす。

「いいの?」

「……はい」意を決したつもりだったのに、目を見られなかった。

「じゃあ、行こう」

朝川さんは、わたしの手を引く。

手を繋いでいるということしか考えられなくなり、アパートに着くまで、いつも以上にどうでもいいことを喋りつづけた。

朝川さんは、笑いながら聞いてくれた。

どうにか冷静なフリをして、鍵を開け、朝川さんに部屋に入ってもらう。

「うわっ、すっごい、かっこいい」部屋の中を見て、声を上げる。

「あの、信兄ちゃんから引き継いだだけです」

「そっか、信一さんの趣味なんだ」

「前は、信兄ちゃんが住んでいたんですが、その時に来たことはなかったんですか？」

「ない、ない。お互いの部屋に行くほど、仲いいわけじゃないから。今の一軒家も、買った話は聞いたけど」

「そうなんですね」

「洗面所、借りていい？」

「あっ、はい、どうぞ」洗面所の場所を教え、電気をつける。

自分から誘ったくせに、ものすごく緊張してきた。

この部屋に、信兄ちゃん以外の男の人が来たのは、はじめてだ。

どうしたら、いいのだろう。

部屋は常にキレイにしているし、見られて困るようなものはないけれど、ソファーやベッドの周りや本棚を一応確認していく。テーブルの上に置いていた大学の教材を本棚の上に移す。

「なんか、手伝う？」朝川さんはマスクを外し、洗面所から出てくる。

「大丈夫です、座っていてください。コートは適当に置いてください」ソファーを手で示し、わたしも洗面所に行く。

マスクをゴミ箱に捨てて、手を洗って、うがいをする。

気持ちを落ち着けるために深呼吸をするが、全然効果がなかった。

見慣れているはずの部屋なのに、知らない場所に見えてくる。

視界が狭くなり、輪郭が摑めない感じがした。

いつまでも、洗面所にこもっていられないので、部屋に戻る。

朝川さんはソファーの背もたれにコートをかけただけで座っていなくて、本棚を見ていた。

「本は、わたしのなんで、その、あまり難しい本とかはなくて」隠すようにして、本棚の前に立つ。

中島さんや他の友達に見られる分には、気にならなかったのに、朝川さんには見られたくないと感じた。彼は、信兄ちゃんと同じように小説家なのだから、たくさんの本を読んでいるだろう。

そんな人がわたしみたいな子供を相手にしてくれるはずがないと思ったら、急に泣きたくなった。

「ごめん、勝手に見られるの、恥ずかしいよね」そう言って、朝川さんはソファーに座る。

「いや、なんか、すみません」

「座って」ソファーの開いているところを軽く叩く。

ふたり掛けのソファーで、大きなものではない。

座ると、どうしたって距離が近くなる。

「ごはんの準備するから」

「ちょっと休んでからにしなよ」

「はい」できるだけ間を開けて、座る。

「なんで、離れるの？」開けた間を詰めてくる。

「わたしたちは、どういう関係なのでしょう？」朝川さんの顔を見て聞く。

もっと小説や映画みたいに、いいムードと流れで聞きたかったのに、問い詰めるみたいになってしまった。

「なぞなぞ?」

「違います」

「……関係?」

「知り合い?　友達?」

「うーん」

「だって、連絡先も聞いてないいし、信兄ちゃんと朝川さんが仲がいいっていうことも知らなかったし、朝川さんの職業や年齢だって信兄ちゃんや熊井さんに教えてもらった」

怒りとか悲しみとか、強い感情は、親しい人にしかぶつけてはいけない。

それなのに、問い詰める口調をやめられなかった。

「連絡先、知らないんだっけ」驚いた顔をして、朝川さんはコートのポケットからスマホを出す。

「知らないから、いつもコンビニに来るんでしょ」

「そうか」

彼は、会っていない時に、わたしのことを考えたりはしないのだろう。

食べたごはんがおいしかったとか、不思議な人を見かけたとか、珍しい鳥がいたとか、日々の些細な出来事を話したいと思い、わたしの連絡先を探すことはないのだ。

そう思ったら、がまんしていた涙がこぼれ落ちた。

「……ごめんなさい」ティッシュを取り、涙を拭く。

「ごめん」

「ごはん、用意しますね」ソファーから立つ。「時間も遅いし、軽めにしておきます」

「ちょっと待って」

朝川さんに手を引かれ、わたしはソファーに座り直す。

そのまま、朝川さんはわたしの手を握る。

「オレ、人とあまりうまく付き合えなくて、困らせたり嫌な思いをさせたりしちゃうかもしれないけど、未明ちゃんのことは大事に思ってるから」

「どういう大事？」

「恋人になりたいって、考えてる」

「連絡先も知らなかったのに？」

「会いたくなったら、会いにいけばいいって思ってた」

「わたしから会いたくなった時は、どうしたら良かったの？　朝川さんがどこにいるかなんて、わからないよ。いつも、twillight やデルタにいるわけじゃないでしょ」

「……そうだね」

信兄ちゃんは、朝川さんのことを「ちょっと摑めないところがある」と話していた。小説家だから普通ではないとか、イメージで考えてはいけない。

そういうことではなくて、朝川さん個人がどういう人なのか、わたしはちゃんと見られていなかった。

ちょっと年上の謎のイケメンと考えて、理解することを拒否していたのだ。

この人にも、弱いところは、たくさんあるのだろう。

信じていいのか迷う気持ちはある。

でも、会えなくなることは、考えられなかった。

「ちゃんと大事にしてくれる？」わたしから聞く。

「うん！」子供みたいに、大きくうなずく。

「連絡先、教えてね。仕事のことも、聞かせてね」

「わかった」

「じゃあ、そういうことで」

台所に行こうとしたわたしの手を、朝川さんはさっきよりも強く引く。

そのまま、腕の中に抱きしめられる。

「……朝川さん、苦しい」

「名前で呼んで」

「……彗さん」

「違う」

「……彗くん」

「もう一声」笑いながら言うので、身体の揺れがわたしにも響く。

「彗」わたしも、笑ってしまう。

腕がほどかれ、向かい合って座り、顔が近づいてくる。

唇が重なる。

今日は、しし座流星群の日らしい。

未明には、星が流れる。

twilightは、屋上に出られるようになっている。

カウンターの前の階段を上がっていくと、古本が並ぶスペースになっていて、そこから外へ出られる。

二月の終わりになって、徐々に陽は長くなってきているけれど、まだまだ冬だ。

外にいると、薄い氷に包まれたような感じがする。

快適とはとても言えなくて、他にお客さんはいない。

柵の前に立ち、街を見下ろす。

目の前の通りを歩く人たち、お姉ちゃんに頼まれて塩パンを買いにいったパン屋さん、通り沿いに並ぶ木々、全てがよく見える。キャロットタワーの展望ロビーから見える景色とは、同じもののはずなのに、違って見えた。

ここからの方が現実として感じられた。

通りの先に陽が沈み、空は藍色に染まり、ゆっくりと夜が近づいてくる。

遠くに、星がひとつ浮かんでいた。

ドアが開き、他のお客さんかと思ったら、信兄ちゃんだった。

今来て、そのまま上がってきたみたいで、黒いダウンジャケットを羽織っている。

「寒くない？」隣に立って、聞いてくる。

「寒いよ」

わたしは、下でカフェオレを飲んでから上がってきたので、コートを置いてきてしまった。

タートルネックのセーターを着ていても、身体が冷えていく。

「うーん」

「下、行こう。何か温かいもの、おごってやるから」

「それとも、どこかにごはん食べにいく？」

「うーん」

「食欲ない？」

「ううん」首を横に振る。

温かいものは飲みたいし、ごはんも食べたい。

けれど、信兄ちゃんといることに、息苦しさを覚える。

心配しすぎというか、気にしすぎというか、要は鬱陶《うっとう》しいのだ。

「……まだ、落ち込んでるのか？」信兄ちゃんは、迷子になった子犬みたいな顔で、わたしを見る。

そんな顔をされたら、正直な気持ちなんて、言えなくなってしまう。

「落ち込んでないよ」

「本当に？」

「大丈夫だから」

「……そうか」

そのまま、ふたりで暗くなった街を見下ろす。

上から見るだけでは、歩いている人たちの顔はわからない。

それでも、わたしも信兄ちゃんも、彼が通り過ぎることを待っている。

そんな偶然は起こらないと思いながら、探しつづける。

たとえ見つけられたとしても、ここから一階まで下りて、全速力で追いかけたところで、追いつけないだろう。

「落ち込んでないよ」もう一度、信兄ちゃんに言う。

「うん」

「もう大丈夫っていうほどでもないけど」

「どっちだよ？」

「うーん」

「忘れろよ」

「それは、無理」

「未練あるのか？」信兄ちゃんは、わたしを見る。

「そういうことじゃない」大きく首を横に振る。

けれど、はっきり否定しないと、気持ちが負けそうになるほどの未練はあった。

「じゃあ、何？」

「忘れられないまま、いないことに慣れていくしかないんだよ」

「そうだな」

「そう」柵を摑んで、腕と背中を伸ばす。

どれだけ傷つくことが起きたとしても、その傷を抱えたままで生きていくことはできない。しかし、なかったことにして、忘れてしまうこともできないのだ。普段は気にしないようにしていても、何かスイッチになるようなことがあれば、一気に思い出してしまう。

「下、戻ろう」わたしは手をはなし、柵から離れる。

「なんでも、飲んでいいから」

「それより、ごはん食べにいこう」

「何がいい？」

「トリュフ！」

「パン？」塩パンのお店のある方を指さす。

「違うよ」

「トリュフ食べられる店なんて、知らない」

「じゃあ、焼肉！」

「この前も、食べただろ」

中に戻り、話しながら階段を下りていく。

カウンターの奥にいた熊井さんに、戻ってきたことを伝える。

お茶を飲んでいるお客さんが二組と本の並ぶ棚を見ている男性がひとりいる。

一瞬だけ、期待する気持ちがあったが、彼ではないことはわかっている。

年末年始、信兄ちゃんと一緒に福島に帰った。

成人式代わりの「二十歳の集い」に出るために、わたしは九日までいた。

東京に戻ってきてから、彗とは会っていないし、連絡も取れなくなった。


大学は、春休みも長い。

一月末で試験が終わったら、そのまま休みに入り、四月のはじめまでつづく。

何をしたらいいんだろうと思っていたら、お姉ちゃんが来ることになった。

「行きたいお店とか、食べたいものとかある？」コーヒーを淹れながら、お姉ちゃんに聞く。

お姉ちゃんは、今日の朝の新幹線で福島から東京に来た。

明後日まで、わたしの部屋に泊まる。

東京駅の近くの洋食屋でランチを食べて、渋谷で買い物をして、どこかで夕ごはんも食べようと思っていた。けれど、荷物が多かったし疲れてしまったため、わたしの部屋に来て少し休み、夜は三軒茶屋で食べることにした。

悩んでいるような顔をして、お姉ちゃんはテーブルの前に座り、スマホを見ている。

「……塩パン」つぶやくように言う。

「それは、明後日、帰る前にお土産に買うんでしょ？」テーブルにマグカップを並べ、お姉ちゃんの隣に座る。

「明日の朝ごはんにも食べたい」

「じゃあ、後で、ちょっと見にいこう」

外は、もう暗くなっている。

でも、お店はまだ開いているだろう。

塩パンは売り切れているかもしれないけれど、お店が見られるだけでも、お姉ちゃんは喜んでくれると思う。

「行きたいお店も食べたいものも、たくさんありすぎて、選べない」スマホをテーブルに置き、コーヒーを飲む。

「しばらく、こっちにいたらいいのに」

「仕事もあるし、家のこともしないといけないし」

結婚した後も、お姉ちゃんは仕事をつづけている。有給と土日を合わせて来てくれたから、月曜日には出勤しなくてはいけない。一緒に行きたいところも、案内したいところもたくさん思い浮かぶけれど、無理に詰めこまない方がいいだろう。

来てもらえる機会は、これから先もあるのだ。

「今回は、未明が普段よく行ってるようなお店で、ごはん食べたりしたいな」

「ファミレスやファストフードになるよ」

twilightには、サンドイッチやスイーツといったメニューはあるけれど、夕ごはんというほどのしっかりしたものはない。デルタで食べらるのは、ナッツだけだ。一度や二度行ったことがあるぐらいのお店は増えてきたが、普段よく行くと言えるほどではない。近いから、彗と最初に行ったとんかつ屋さんがいいかと思った。しかし、さすがに行く気がしなかった。

「実家の辺りにはないような、ファミレスやファストフードだったら、いいよ」

「フレッシュネスバーガーは福島にないけど、もっと違うものがいいかな」

「ハンバーガーは、夕ごはんって感じじゃないかもね」

「もっと落ち着いて食べられるものにしよう」

話しながら、お姉ちゃんにくっつく。

五歳離れているから、姉妹ですごく仲がいいというほどでもなかった。仲が悪いわけではないが、距離があるように感じていた。友達関係の悩みや恋愛のことは、気軽には話せなかった。

今は、身長が同じくらいで、わたしの方がほんの少しだけ高い。

それでも、一緒にいると、小さいころに顔を見上げて、追いかけつづけた時のような気持ちになる。

「信兄ちゃんに、どこか連れていってもらう？」

「いいよ」嫌そうにして、お姉ちゃんは首を横に振る。

「奢ってくれるかもよ」

「それでも、いいや」

「なんで？」

「わたし、未明ほど、信兄ちゃんと仲良くないから」

「そっか」

わたしは、いつでも信兄ちゃんと会えるから、明後日までは姉妹ふたりだけで、楽しんだ方がいいだろう。

「あの人、儲かってるの？」

「なんだかんだ、お金はあるみたいだよ」

年に何冊か単行本や文庫本を出しているし、高いものは家を買ったぐらいだから、生活に困るようなことはないみたいだ。

でも、将来が保証されている仕事ではない。長く書きつづけるためには、精神的なことも身体的なことも、ケアが必要なのだと思う。

そういうことを理解できないとしても、少しずつ話していきたい。

信兄ちゃんに対してではなくて、彗に対して、そう考えていた。

「彼氏は？」わたしの心を見透かしたようなタイミングで、お姉ちゃんが聞いてくる。

年末年始に実家に帰った時、お姉ちゃんに「彼氏ができた」とだけは、報告した。

「うーん」

「別れたの？」

「うーん」肩にもたれかかる。

お姉ちゃんは何も言わず、わたしの頭をなでてくれる。

振られた、別れたのだと認めた方がいいのだろう。

彗は、わたしの前から、いなくなったというだけで、死んでしまったり行方不明になったりしたわけではない。

信兄ちゃんが仕事関係の人に聞いてくれたところによると、前と同じように原稿は書いているし、打ち合わせで編集者さんと会うこともあるらしい。

引っ越したわけでもないのだけれど、わたしは彗がどこに住んでいるのか、知らなかった。

三軒茶屋の駅の周りにあるお店か、わたしの部屋でしか会ったことがないのだ。連絡先もＬＩＮＥのアカウントしか、知らない。「今度は、オレの部屋にも来て」と言われたこともあったのに、行きたい気持ちが強すぎて、タイミングを逃した。

編集者さんに聞けば、彗の住所もメールアドレスも電話番号もわかる。信兄ちゃんから「聞いてやろうか」と言われたけれど、それはしてはいけないことだと感じた。

電話したり、家に行ったりして、どうにかなることならば、ＬＩＮＥが「既読」になるだろう。

いつまでも「未読」のままでも、最初は「忙しいのかな」と思うだけだった。もともと、いつもスマホを気にしていて、すぐに「既読」にするようなタイプではない。原稿を書く時は、スマホの電源をオフにしていたようだ。わたしも試験や課題があったし、あまり考えないようにしていた。しかし、一週間が経っても、そのままだったから、何かあったのかと思い、信兄ちゃんに相談した。

デルタでミドリさんにも聞いたけれど、年明けから会っていないということだった。常連のお客さんからは「前も、急にいなくなったことはあったから」と宥《なだ》められた。twilightで熊井さんにも聞こうかと思ったのだが、答えは同じだろうから、やめた。

生きているならばいいと待ちつづけ、二月のはじめころに、諦めた方がいいと思うようになった。

試験中も、バイトの間も、常にスマホを気にしている自分が情けなくなったのだ。街を歩いている時も、どこかから現れないか、ずっと期待していた。

「このコーヒー、おいしいね」お姉ちゃんが言う。

「信兄ちゃん、おすすめの豆」

「未明は、本当に信兄ちゃんが好きなんだね」

「嫉妬してるの？」すぐ横にある顔をのぞきこむ。

「しないよ」

「お姉ちゃんが一番好きだから、安心して」両手を回し、抱きつく。

「子供みたいに、ベタベタしないで」

「はあい」

身体をはなし、わたしもお姉ちゃんも立ち上がる。

カラになったマグカップを台所で洗い、外に出られるように準備をする。

やっぱり、とんかつ屋さんに行こう。

お姉ちゃんと一緒に行ったお店にして、思い出を変えるのだ。


東京駅まで、お姉ちゃんを見送ったら、またひとりになってしまった。夕方まで一緒にいられるかと思っていたのに、「家のことをしないといけない」と、昼過ぎの新幹線で帰っていった。

バイトも休みをもらったし、アパートに帰る気もしなかったから、twilight に来た。

日曜日だから混んでいるかと思ったけれど、他にお客さんはいない。

ここだけ、時間の進み方が違うように感じた。

ゆっくりと静かに流れていく。

熊井さんはカウンターで、小説の原稿のようなものを読んでいる。

Ａ４の紙に印刷されて、鉛筆で訂正が入っていた。

「熊井さん、小説を書くんですか？」カウンターの前に立って、聞く。

「これは、三月にうちから出す本」顔を上げ、わたしを見る。「僕が書いたわけじゃないよ」

「お店で、本も出すんですね」

「一周年の記念本」

去年の三月十一日にオープンしたから、あと二週間と少しで、一周年だ。

本のタイトルは、お店の名前のままで『トワイライト』らしい。

「どうして、店名をtwilightにしたんですか？」

「なんとなく、楽しくない？」

「うーん」思わず、首をかしげてしまう。

「そうでもないか」笑いながら言い、カウンターの上を片付ける。

「気にせず、つづけてください。わたしは、向こうで、本を読みます」窓側の席を指さす。

外は、まだ寒いけれど、よく晴れている。

窓の向こうには、青い空が広がり、陽が射す。

「何、飲む?」

「カフェオレ、お願いします」

注文して、窓の方に向いているソファー席へ行き、リュックを下ろしてカゴに入れ、コートを脱ぐ。

彗と最初に会った時も、ここに座っていた。

夏に知り合って、半年も一緒にいなかった。付き合っていたと言える期間なんて、一ヵ月半くらいだ。

それだけの日々を繰り返し思い出しつづけて、生きていきたくなかった。

違う男の子と付き合ったりすれば、すぐに忘れられるのかもしれない。

お姉ちゃんとふたりでとんかつ屋さんに行って、思い出が変わったように、上書きされていくものなのだろう。

けれど、そういう問題ではないのだ。

去年の今ごろは、ひとりで生きられていた。

親に学費を払ってもらい、生活費も仕送りしてもらっている。だから、金銭的なことは、まだまだひとりではどうしようもない。でも、精神的には、どうにかやっていけると感じられた。家事をして、リモート授業や試験に対応して、アルバイトをして、信兄ちゃんやバイト先の人たちに助けてもらいつつも、自分の意思を一番大事にして人生を作り上げていけていた。

半年にも満たない間で、彗だけが人生の全てのようになってしまった。

彼に笑ってもらえること、彼に見つめてもらえること、彼に抱きしめてもらえること、とても狭い中にしか、わたしの望みも幸福も存在しなくなった。

お姉ちゃんだって、たまにしか会えない妹よりも、毎日一緒にいるはずの旦那さんのことばかり、気にしていた。

みんな、同じようなものなのだろう。

だからって、自分もそれでいいとは、思えなかった。

「本、読まないの？」カフェオレを持ってきた熊井さんが声をかけてくる。

「ちょっと、ぼうっとしてしまいました」

「ゆっくりしていって」テーブルにカップを置き、カウンターに戻っていく。

「ありがとうございます」

背中に向かって言ってから、コートの下のリュックを開けて、文庫本を出す。

開いてみても、文字が頭に入ってこない。

テーブルに本を置き、カップで指先を温め、カフェオレを少しずつ飲む。

「トワイライト、トワイライト」小さな声で、繰り返し言ってみる。

魔法の呪文みたいで、心の中に微かな光が灯っていく気がした。


三月に入っても、まだ春というほどではないけれど、暖かく感じる日が増えてきた。

福島の辺りは、まだまだ寒いだろう。

同じ日本の中でも、地域によって、季節が少しずつずれていくことを不思議に感じる。

お姉ちゃんが来た以外、特別なことが何も起きないまま、春休みを過ごしていたら、
中島さんや大学の友達から連絡があり、みんなで遊園地に行くことになった。免許を持っている友達が車を運転してくれると聞き、楽しみにしていたら、それは他大学の男の

子だった。女四人と男四人で、ソフトな合コンといった雰囲気だ。

男の子たちの通う大学は、わたしたちの通う大学よりも、少し偏差値が高い。有名私大と言っていいだろう。みんな、気遣いができて優しくて、見た目はすごくかっこいいわけではなくても、悪いわけではない。清潔感があり、笑顔で楽しそうにしていて、ネガティブなことを言わず、育ちがいいのだろうと感じられた。前に、信兄ちゃんが言っていた「堅実な男の子」とは、彼らみたいな人のことを言うのだと思う。

つまらなくはなかったし、「こういう人と付き合えば、余計なことで悩まないで済む」と思ったし、大学を卒業した後のことも同じ目線で相談し合えると考えられたけれど、なんだかとても疲れてしまった。

いくつものジェットコースターや日本一怖いとされるお化け屋敷で、体調が悪くなったフリをして、帰りの車では「申し訳ない」と思いながら眠っていた。

みんなは、渋谷にごはんを食べにいくと言っていたけれど、わたしと中島さんは三軒茶屋で降ろしてもらった。

ひとり、わたしのことを気に入ってくれたのであろう男の子が一緒に降りようとしていたのだけれど、中島さんが「わたしがついているから」と言って、阻止してくれた。

「大丈夫？」中島さんが聞いてくる。

「大丈夫」

話しながら、二四六沿いを歩いていく。

陽が暮れて、寒くなってきたので、リュックに入れていたマフラーを出す。

昼間は穏やかだったのに、強い風が吹く。

花粉症ではないけれど、マスクをしていることをちょうどいいと感じる。

「帰る？」

「お腹すいた」

「体調、悪いんじゃないの？」

「申し訳ない」小さく頭を下げる。

「他の子たちには、仮病ってばれてないだろうから」

「こっちだって、男の子も来るなんて知らなかったし」

「なんかさ、男の子たちの方から言われたらしいよ。車出すから、友達誘ってほしいって。でもね、同じ男の子狙いみたいになると問題あるでしょ。わたしと森谷さんだったら、彼氏いるから」

「……彼氏、いなくなったけどね」

友達には、彗と付き合いはじめてすぐに、彼氏ができたことを話した。気持ちが人生最高に浮かれていたから、年上であることとやすごくかっこいいことまで、喋った。仕事に関しては、SNSとかに書かれてしまうと困るので、黙っていた。別れたのかどうか微妙だったし、試験中でそれどころではなかったのもあり、今の状況は中島さんにしか伝えていない。

「他の男の子、見てもいいんじゃない？」

「見ようという気持ちはあるよ」

「そうなんだ」

「今日だって、一応見てたから」

「車降りてきたの、止めない方がよかった？」

「いや、止めてくれてよかった」

駅の近くまで来て、何を食べるか話し、twilightに行く途中にあるイタリアンレストランに入る。

カウンターの他に、ふたり掛けのテーブルが十席もない小さなお店だ。

前にも、一度来たことがある。

ピザやパスタだけではなくて、前菜やデザートも充実している。学生には、ちょっと贅沢なのだけれど、たまにはいいだろう。

ちょうどお客さんが出るところで、あいたテーブル席に案内してもらえた。広い席ではないから、足元のカゴにリュックやコートやマフラーを入れておく。

中島さんはイタリアのビールを頼み、わたしはお店特製の赤いフルーツのサングリアにした。とりあえず、前菜の三種盛りを注文する。

先に飲み物が来て、軽く乾杯をする。

「誰か、ちゃんとした人を紹介しようか？」ビールをひと口飲んでから中島さんが言う。

「彗以上の人がいるならば……」

「いないよ」はっきりと言い切る。

「えー」

「初めて色々なことを教えてくれた男として、いい思い出にしておきなさい」

「まあ、それはそれとして、そうするけど」

「顔が良くて、優しくて、人に誇れるような仕事をしていて、お金も持っている。そんな人がまた現れることを待ってても、無理だからね」

「人に誇れる仕事かな?」

「森谷さん、同じ仕事をしている人が身内にいるから、感覚が違うんだと思うけど、小説家なんて、人生で何人も会うわけじゃないんだよ。森谷信一だって、充分に有名人だからね」

「それは、わかってはいる」

でも、身近にいる分、その大変さや苦労も、知っている。

遠くからは、華やかに見えるのかもしれない。けれど、ひたすら努力しつづけなくてはいけないし、生活はとても地味だ。

最初は、派手に遊んでいるのだろうと彗を見てしまったが、一日のほとんどは机に向かっているようだった。朝から仕事をして、息抜きにtwililightやデルタへ行く。ちゃんとしたものを食べていないみたいで、ごはんを作ったら、とても喜んでくれた。

「優しいって言えるほど、優しくはなかったよ」

「そうなの?」

「たまに意地悪なこと言ってきたし」

「からかうみたいなことでしょ？」

「それだけじゃないよ」サングリアを少し飲む。「仕事が最優先だから、連絡取れなくなることも前からよくあった」

どういうことを優しさとするかは難しいけれど、彗は仕事ばかりではなくて自分が最優先で、今日の男の子たちみたいに気遣ってくれることは、ほとんどなかった。いつか急にいなくなってしまうような予感もしていた。

「怒ったりはしなかったでしょ？」

「それは、ない」

店員さんが前菜の三種盛りを持ってきたので、話すのをやめる。

魚介のトマト煮と根菜の塩麴《しおこうじ》漬けとレバームースが大きなお皿に並んでいる。塩麴漬けはイタリアンなのだろうかと思ったが、そこまでかしこまったお店ではない。

「急に機嫌が悪くなったりもしないでしょ？」小皿に取りながら、中島さんは聞いてくる。

「中島さんの彼氏、怒ったり機嫌が悪くなったりするの？」

「たまに」

「それは、良くないよ」

「許容範囲っていう程度だよ」トマト煮を食べる。「食べたいものとか生活習慣とか、どうしても合わない時はあるから。わたしも怒ることはあるし」

「そうか」レバームースをバゲットに塗る。

彗は、いつも笑っていたし、怒るところなんて想像できない。たまに、拗《す》ねたりしていたけれど、機嫌が悪くなるというほどのことではなかった。

わたしも、付き合いはじめる時に、少し怒ってしまっただけだ。一ヵ月半の間、機嫌を損ねる隙なんてないくらい、くっついていた。仕事の邪魔はしたくなかったから、会えない日がつづいても、わがままは言わないようにした。その分、会える時には、トイレの時以外は離れなかった。

ただただ、うざかったのかもしれない。

恋愛経験が全然ない者同士ではないのだ。彼氏ができて、初めての経験をして、浮かれちゃっていたのはわたしばかりだったのだろう。嫉妬してしまうから、過去のことは聞かないようにした。けれど、彗は過去に何人かの女の人と付き合ってきたはずだ。そういうことを考え、もう少し距離を保つべきだった。

体調が悪いは嘘でも、朝早くから遊んでいたため、疲れてはいる。

そこに、アルコールを入れたせいか、良くない方へ考えが進んでしまう。

「過去は過去」中島さんが言う。「未来を見よう。未明は明るい未来でしょ」

「うん！」強くうなずく。

「大学にも男の子はいるし、今日みたいに露骨な感じじゃなくても、みんなで遊びにいったりすれば、誰かと出会えるよ」

「自然と、そういう気持ちになれる日を待つよ」

苦しみも悲しみも、いつまでもつづかない。

永遠につづくのかもしれないと悩んだ日々からだって、時間をかけて抜け出すことはできたのだ。

「まずは、目の前のことから」メニューを広げ、中島さんはわたしを見る。「パスタにする？　ピザ？　お肉やお魚？」

「予算的に、お肉やお魚は、無理」

「じゃあ、パスタかピザ」

「こってり目のパスタがいい」

「何？　どれ？」

「あっ、あれがいいな、白玉みたいなの」

「白玉？」

「なんか、芋とかカボチャの」

「何？」

「パスタの一種じゃないのかな」

「ニョッキ！」

「それ！」

一緒にいるのが彗だったら、「なぞなぞ？」と聞いてきただろうなと考え、また思い出していた。


お姉ちゃんから、福島土産が届いた。

東京を案内したお礼らしい。

わたしが好きなお菓子を選んで、段ボール箱に詰めてくれたのだろうけれど、多すぎる。

駅や家の近所で買い集めたのか、東京のコンビニでも売っているような福島銘菓とかではないお菓子も入っていた。日持ちするものは流しの下の棚にしまい、中島さんとか友達が来た時に食べるものは取って置く。「薄皮饅頭」と「檸檬」を持って、信兄ちゃんの家に来た。檸檬は「れも」と読む。レモン風味のチーズタルトだ。

「檸檬だ、檸檬だ」こたつに置いた黄色い箱を見て、信兄ちゃんは嬉しそうにする。

十二個入りの箱が送られてきたので、そのまま持ってきた。

三口ぐらいで食べられる大きさだけれど、さすがにひとりで全部は食べられない。購入してから少し日が経っているみたいで、賞味期限まであと十日くらいしかなかった。信兄ちゃんが檸檬を好きなことは、お姉ちゃんも知っているから、ふたりで食べると思って送ってきてくれたのだろう。

「好きなだけ食べていいよ」

季節の変わり目だからか、気候がなかなか落ち着かず、今日はまた寒くなった。

話しながらこたつに入り、足を温める。

「全部、食べる」台所に立ち、信兄ちゃんはコーヒーを淹れてくれる。

「それは、駄目だよ」

「半分、置いていって」

「わかった」箱を開けて六個出しておく。

一個一個を包む袋も黄色い。

せっかく持ってきたが、二個は持って帰るので、リュックに入れる。残り四個を今から二個ずつ食べる。もう少し食べたい気もしたけれど、お母さんかお姉ちゃんに頼めば、送ってもらえる。都内のデパートでも、売っているところはあるらしい。

「お姉ちゃん、元気だった？」マグカップをこたつにふたつ置いて、檸檬六個を冷蔵庫に入れてから、信兄ちゃんもこたつに入る。

「普通」

「そうなんだ」興味なさそうに言い、檸檬をひとつ開ける。

「信兄ちゃん、車買わないの？」

「買わない。なんで？」一気に口に入れ、リスみたいにほっぺたを膨らませたまま話す。

「免許、取ろうかと思って」わたしも、檸檬を手に取る。

高校生の時は、十八歳になったら免許を取ろうと考えていた。しかし、三年生の時は感染症対策と受験勉強で、それどころではなかった。東京に出てきて、去年はリモート授業だったから、教習所に通えるのではないかと思ったけれど、都内で運転するのは怖かったし、電車がたくさん走っているので、必要ないと感じた。

けれど、車に乗って遊園地に行ったら、やっぱり欲しいという気持ちが強くなってきた。

運転できれば、誰かがしてくれることなんて期待しないで、自分の力でどこへでも行けるようになる。

教習所に通うお金は、バイトを増やせば、夏休みぐらいまでに貯められるだろう。二十歳のお祝いの振袖をお姉ちゃんのお下がりで済ませた分、「車を買うんだったら、お金は出してあげる」と両親から言われている。しかし、わたしは学費と生活費をもらっているから、それは違う気がする。振袖も、お姉ちゃんが選んだもので、特に不満もなかった。車は、就職してから自分で買うとして、免許は学生のうちに取っておきたい。

「車なあ、あれば便利と思うんだけど」信兄ちゃんは、檸檬を飲みこみ、コーヒーを飲む。「高三の終わりに免許取って、福島で何回か運転したぐらいだからな。もう十年近く、運転してない」

「一回だけ、乗せてもらったよね」

震災の後、信兄ちゃんが支援物資を運ぶボランティアをしていた時、助手席に乗ってついていった。手伝いというほどのこともできず、帰りの車では子供ながらに無力さのようなものを感じた。隣を見ると、信兄ちゃんはわたし以上に落ち込んだ顔をしていて、声をかけられなかった。

「そうだっけ？」首をかしげ、二個目の檸檬を手に取る。

「憶えてないの？」

「うーん」

「ほら、どこか、海沿いの街に行った。ちょっと遠かったし、宮城まで行ったのかも」

「ああ、あったな」タルトをひと口だけ食べる。「まだ余震もあったころだし、未明ちゃんに何かあったら、どうしようって考えてた。とにかく、どんなことが起きても、ちゃんと家に帰らせようって」

「そんなこと、考えてたんだ」

「何かあったら、叔父さんと叔母さんに申し訳ないから。オレは、連れていけないって言ったのに、未明ちゃんがついていくって騒いだせいで」

「……憶えてない」首を小さく横に振る。

その時のことは憶えていないが、ありえる話だ。小学生や中学生のころは、信兄ちゃんが東京から帰ってきたと聞いたら、お父さんやお母さんにお願いして、すぐに伯父さんの家に連れていってもらっていた。帰ってきても部屋で本ばかり読んでいる信兄ちゃんが出かけるとなると、また東京に戻ってしまうと思い、追いかけていった。

「いつの間にか、大きくなって」

「もう大人だから」

「お酒も飲めるし、煙草も喫えるし、免許も取れるし」

「煙草、喫わないから」バイト先には喫っている人がいて、少し気になったけれど、やめておいた。

「変な男とも付き合えるし」

「いなくなったけどね」

「付き合う前に、オレがちゃんと止めるべきだった」両手で顔を覆い、泣き真似をする。

「止められても、無視したよ」

「そうか」

「うん」コーヒーを飲む。

しし座流星群の日、彗のことをよくわからないと思いながらも、彼を選んだのは、わたしの意思だ。

そのことに、後悔はない。

「しばらく恋愛のことは考えないで、自分のことに集中する」

「どういうこと?」信兄ちゃんは、食べ終えた檸檬の袋をまとめながら、聞いてくる。

「教習所に通う」やりたいことを指折り数えていく。「コンビニでのバイトはつづけつつも、他でも働いてみる。三年生からは授業が専門的になるから、勉強も今まで以上にがんばる。それで、大学に通っているうちに、何か資格も取りたい。中島さんとか、友達ともっと遊ぶ。免許が取れたら、車はレンタカーやカーシェアでいいから、遠くへ行ったり、夜のドライブをしたりしたい。実家に帰って、お姉ちゃんともドライブに行く。本もたくさん読んで、映画も観る」

「やりたいこと、たくさんだな」

「うん!」

何があっても、ぶれない自分を作っていきたかった。

日本は自然災害の多い国で、これから先もどこでどういうことが起こるかはわからない。

感染症のある暮らしにも慣れてきたけれど、前と同じように生活できるわけではない。いつか、部屋にこもらないといけない日々に戻る可能性だってあるだろう。人類の存続を脅かすような感染症とか考えると、SFみたいになってしまうが、そういうものがまた広がることだってありえるのだ。

そのたびに、思考停止して落ち込んでしまわないようにするためには、自分自身をしっかり持てばいい。

そのことに気づかさせてくれたのも、彗だ。

彼がいても、彼がいなくなっても、わたしはわたしでいることを保てなくなった。いなくなってしまった寂しさは、他の男の子ではなくて、自分自身で埋めていきたい。

「もう一個食べよう」信兄ちゃんはこたつから出て、さっき冷蔵庫に入れた檸檬を取りに行く。「未明ちゃんも、食べる?」

「いい」

「免許取ったら、どこか連れていってもらおう」戻ってきて、こたつに入る。

「嫌だよ」

「なんでだよ?」

「なんか、うるさそうだから」コーヒーを飲み干す。

「何も言わないで、静かに座ってる」

「それも、嫌」

「オレが今まで世話してやった分、そろそろ返すころだろ」

「もう少し甘えさせてください」顔の前で手を合わせ、お願いする。

「大学在学中だけな」不満そうに言う。

「ありがとう」

自分ひとりだけで、自分を作り上げていくことはできない。

家族や友達がいたおかげで、わたしができてきた。

卒業するまでの二年間は、頼らせてもらおう。


河瀬さんがバイトを辞めることになった。

娘さんが春から中学生になるのに合わせ、念願のマイホームを購入したため、引っ越しする。新居は、三軒茶屋から田園都市線に乗って多摩川を越えた先の神奈川県だ。会えなくなるというほど、遠いわけではない。でも、二度と会わないのだという気がする。

高校生のころにバイト先で一緒だった人だって、やめた後は連絡を取らなかった。

「寂しいです」レジで煙草の補充をしながら、思わず言ってしまう。

引っ越しは今月末なのだけれど、準備のために十日付で辞めてしまう。今日が最後の出勤だ。店長にお願いしたら、シフトを合わせてくれた。

一緒に働くことも多かったし、困ったことが起きた時には助けてもらい、仕事以外のこともたくさん話してきた。

「新しい人も、また入るから」

「はい」

「先輩として、しっかりしなさいよ」

「そうですね」

ここでバイトをはじめて、二年近く経つ。

ずっと自分が一番下っ端のように思っていたが、少しずつ先輩が辞めていき、後輩が入ってきて、いつの間にか中堅という立場になっていた。

「新居にも、遊びにきて」

「えっ？　いいんですか？　本当に行きますよ」

「いいよ」

「新築の一軒家なんですよね？」

「そう！」河瀬さんは、力強くうなずく。

マイホームを買っただけではなくて、娘さんは私立中学校に入った。ローンも学費も、大変な額だろう。引っ越しが落ち着いたら、河瀬さんはフルタイムで働くらしい。

大変な時に、邪魔ではないかと思うが、遊びにいきたい。

二度と会わないなんて、ネガティブに考えなくていいのだろう。

わたしが「行きたい」と言えば、受け止めてくれる人だ。

「わたし、運がいいな」

「どうしたの？　急に」

「人に恵まれているって、思って」

「そう？」

「ここの人もみんな優しいし、友達もたくさんいるし、家族は仲良しだし」

「彼氏は？」

「その話、もういいです」

彗は、よく来ていたので、同僚も店長も何があったのかを知っている。

遠くへ行ったわけではないのであれば、買い物に来たりしないかと思ったが、わたしがいない時に来たことはないようだ。

「そっか、ごめんね」謝りながらも、河瀬さんは少し笑う。

「彼氏だって、あんなにかっこよくて、素敵だったのだから、運がいいですよ」

「そうだね」

「そうです」

少しずつだけれど、彗のことを前向きに考えられるようになってきている。

最初は見た目ばかりに惹かれていた。でも、それだけではなくて、彼のよく笑うところや自分の気持ちに正直なところや自分勝手と思えるほどわがままなところが好きだった。

しばらく恋愛はいいと今は思っているけれど、いつまでもしたくないわけではない。

また、誰かと一緒にいるようになって、その人と未来のことを考えていきたい。

「新居、どういう感じですか？」煙草を並べ終え、ごみを片付ける。

「よくある建売住宅」河瀬さんは、照れたような顔で話す。「リビングとダイニングがあって、夫婦の寝室と子供たちそれぞれの部屋があって。台所はね、こだわらせてもらったの。建てる前に相談させてもらえたから、色とか配置とか。料理すごく得意なわけじゃない分、少しでも楽にできるようにね。娘も中学生になるから、自分で何か作ったりするだろうし。あっ、女の子だからっていうわけじゃないよ。うちは、息子の方が家事はするから」

「知ってます」

娘さんも息子さんも、たまに店に来る。

最初に会った時は、ふたりとも小さな子供という感じだったのに、二年も経たない間に大きくなった。

わたしも、同じだけ成長できているのだろうか。

「狭いけど、庭もあるの。そこで、花を育てたりもしたいな。働かないといけないし、なかなか時間もないけどね」

「忙しいからこそ、お花とかあるといいんじゃないですか?」

「そうだよね」

話すうちに、河瀬さんの表情が輝いていく。

夢だった家を買い、希望に溢れているという感じだ。

自動ドアが開き、お客さんが入ってくる。

「いらっしゃいませ」お喋りをやめ、声を合わせる。

暖かい風が店の中を通る。

もうすぐ春になる。


階段を三階まで上がり、twililight のドアを開ける。

カウンターに熊井さんはいなくて、どうしたのだろうと思ったら、店の奥にいた。平積みできる台に、段ボール箱から出した本を並べている。

「いらっしゃいませ」熊井さんがわたしに気がつく。

「こんにちは」

奥に行き、熊井さんの横に立つ。

「前に言っていた一周年記念の本ですか？」

「そう」

「おめでとうございます」

「ありがとう」本を並べていた手を止めて、熊井さんは小さく頭を下げる。

今日は、三月十一日だ。

twilightのオープンから一年、東日本大震災から十二年が経った。日本で感染症が広がったのは、二〇二〇年の二月ころだったから、三年が経つのだ。

「見ていいですか?」

「どうぞ」熊井さんは、本を一冊取り、わたしに差し出してくれる。

「ありがとうございます」

手に取り、表紙を見る。

夕方の空のような色をしたカバーで、『トワイライライト』とタイトルが入っている。

作者名は『朝川彗』と書いてあった。

「はあっ?」思わず、大きな声を出してしまう。

「どうかした?」

「これ、朝川さんが書いたんですか?」

「そうだよ」本を並べながら、穏やかな声で言う。「僕が直接お願いして、書いてもらった。普段の仕事と違うから、ペンネームじゃなくて、本名にしたいって言われて」

「へえ」息を軽く吐いてから、本をめくる。

字がうまく頭に入ってこないけれど、三軒茶屋を舞台にした小説のようだ。

主人公は、大学二年生の女の子だ。

本を閉じ、もう一度息を吐く。

「森谷さん、朝川さんのこと知ってるんだっけ？」熊井さんは、わたしを見る。

「あっ、えっと」

信兄ちゃんに会う可能性があるから、彗とふたりでtwillightには来なかった。付き合っていることは話したし、会ってもよかったのだけれど、面倒くさいことを言われそうだと感じた。だから、熊井さんは、わたしと彗の関係を知らない。

「ああ、前に、森谷さんに紹介してもらってたっけ？　信一さんの方の森谷さん」

「はい、あの、何回かお会いしたことがあって」

去年の終わりに一ヵ月半だけ付き合っていたとか、言うほどのことでもないだろう。

「今、上に来てるよ？」屋上の方を指さす。

「信兄ちゃんがですか？」

「違うよ、朝川さん」

「えっ？」

「本を並べるところを見にきて、上にいる」

「これ、後で買います」

本を熊井さんに渡し、わたしは走って階段を上がる。

ドアを開けて、屋上に出る。

陽が沈んだばかりで、空は淡い紫色に染まり、星がいくつか浮かんでいる。

他のお客さんはいなくて、彗の後ろ姿だけが見えた。

彗は、柵にもたれるようにして、遠くを見ていた。

音に気が付いたのか、振り返る。

「あっ、未明ちゃんだ」

寒いのか、ネイビーのニットを伸ばして指先まで隠している。

昨日も会ったような顔で、その手を振ってきた。

「何してるの？」彗の正面に立つ。

「えっと、本を出すところを見にきて、ちょっと休んでる」

「そうじゃなくて」

「どういうこと？」本気でわかっていないのか、首をかしげる。

「今、ここで、何してるのかを聞いたわけじゃないです」

「ん？」

「最近、何してたの？」

「仕事」

「熊井さんに頼まれた本？」

「それは、冬になる前ぐらいに、書き終わってた。未明ちゃんと付き合いはじめるよりも前。それとは、別の仕事で、締切が厳しかったから、結構大変だった」

話すうちに、自分が間違っていたような気分になってくる。

もし会えたとしても、もっと気まずい感じになることを想像していた。前みたいには話せないと考え、悲しい気持ちになった。

「未明ちゃんに、会いたかった」彗は、両手を広げて、わたしに抱きついてくる。

「待って、待って、違う」わたしは、彗の腕の中から逃げる。

「なんで？」

「いや、いや、三ヵ月も連絡くれなかったし、LINEも未読スルーのままで、それはない」

「うーん」下を向き、悩んでいるような顔をする。

「他の女の人と会ったりしてない？」

「するわけないじゃん」首を横に振る。

「ずっと仕事してたの？」

「うん」首を縦に振る。

「わたしのこと、好き？」

「うん、うん」繰り返し、首を縦に振る。

「大袈裟にすると、信じられないんだけど」

「うーん」

「これからは、忙しい時でも、ちゃんと連絡くれる？　会えないならば、それでもいいから」

「うん、うん」さっきよりも、大きく首を縦に振る。

信じられない気持ちはあるし、許してしまうのは甘いだろう。

信兄ちゃんや中島さんに、怒られるかもしれない。

自分としても、駄目だと思う。

でも、ずっと、彗と会いたかったのだ。

彗に抱きつき、胸に頬を当てると、涙がこぼれ落ちた。

「……ごめん」小さな声で、彗が言う。

「今度、連絡なしでいなくなったら、その時は許さないから」

「気を付けます」

無理かもしれないと思ったけれど、もう少しがんばってみたかった。

わたしはわたしで勉強して好きなことをさがし、彗は彗で好きな小説を書きつづけ、その先でふたりの関係を作っていきたい。

身体をはなし、指先で涙を拭う。

「中に入ろう」彗が言う。

「うん」

中に戻り、階段を下りる。

「小説の主人公、わたしと同い年の女の子だね」

「そう！」先に階段を下りていた彗は、嬉しそうな顔で振り返る。

段差があり、彗の方が低いところにいるから、顔が真正面で向かい合う。

「書いているころに、わたしと知り合った？」

「小説の主人公として、思い描いていた女の子が目の前に現れたっていう感じだった」

「へえ」すごく照れてしまい、返事が素っ気なくなる。

「本が発売したら、プレゼントするって決めてたから、ちょうど良かった」

前を向き、楽しそうに話しながら、彗は階段を下りていく。

わたしは、その後を追いかける。

三階まで下り、ふたりで並んで、台に並ぶ本を見る。

彗は、宝物に触れるように、一冊手に取る。

本書は書き下ろしです。

畑野智美（はたの・ともみ）
一九七九年東京都生まれ。二〇一〇年「国道沿いのファミレス」で第23回小説すばる新人賞を受賞。一三年に『海の見える街』、一四年に『南部芸能事務所』で吉川英治文学新人賞の候補となる。著書にドラマ化された『感情8号線』、『ふたつの星とタイムマシン』『タイムマシンでは、行けない明日』『消えない月』『神さまを待っている』『大人になったら、』『若葉荘の暮らし』などがある。

トワイライライト

2023年3月11日発行　初版第一刷発行

著者　畑野智美

発行人　ignition gallery
発行所　twililight
154-0004
東京都世田谷区太子堂 4-28-10 鈴木ビル 3F
電話 090-3455-9553
mail@twililight.com
https://twililight.com/

印刷・製本　モリモト印刷株式会社

ISBN 978-4-9912851-2-7　C0093　¥1500E
ign-014　本体価格：1500円＋税